Querida Amy,

Adorei você e seu nome!

Espero que goste da história!

Com Amor,

[illegible]

Procura-se

Giovanna Vaccaro

Procura-se

TALENTOS DA LITERATURA BRASILEIRA

novo século®

São Paulo, 2015

GERENTE EDITORIAL
Lindsay Gois

EDITORIAL
João Paulo Putini
Nair Ferraz
Vitor Donofrio
Rebeca Lacerda

GERENTE DE AQUISIÇÕES
Renata de Mello do Vale

ASSISTENTE DE AQUISIÇÕES
Acácio Alves

AUXILIAR DE PRODUÇÃO
Luís Pereira

PREPARAÇÃO
Larissa Caldin

DIAGRAMAÇÃO
Equipe Novo Século

CAPA
Dimitry Uziel

REVISÃO
Daniela Georgeto

Texto de acordo com as normas do Novo Acordo Ortográfico da Língua Portuguesa (1990), em vigor desde 1º de janeiro de 2009.

Dados Internacionais de Catalogação na Publicação (CIP)
(Câmara Brasileira do Livro, SP, Brasil)

Vaccaro, Giovanna
Procura-se
Giovanna Vaccaro
Barueri, SP: Novo Século Editora, 2015. (coleção talentos da literatura brasileira)

1. Ficção brasileira. I. Título. II. Série.

15-02861 CDD-869.93

Índice para catálogo sistemático:
1. Ficção: Literatura brasileira 869.93

NOVO SÉCULO EDITORA LTDA.
Alameda Araguaia, 2190 – Bloco A – 11º andar – Conjunto 1111
CEP 06455-000 – Alphaville Industrial, Barueri – SP – Brasil
Tel.: (11) 3699-7107 | Fax: (11) 3699-7323
www.novoseculo.com.br | atendimento@novoseculo.com.br

novo século®

Aos meus pais, por dizerem que eu posso. Amo vocês!

Agradecimentos

"A gratidão é o único tesouro dos humildes."
Willian Shakespeare

Escrever este livro foi meu maior desafio. Não que eu tenha passado por muitas provas difíceis, mas é porque foi para mim uma experiência nova. Se eu estivesse sozinha nessa jornada, nessa tarefa, nesse caminho, teria desistido depois de dois capítulos, mas tive muitas pessoas que me incentivaram a continuar. E aqui estou escrevendo os agradecimentos deste livro. Então, minha eterna gratidão:

Aos meus pais, em especial minha mãe, que me ajudaram em quase tudo para o *Procura-se*, desde o nome do livro, dos personagens, até a cor do carro de Miles.

Ao meu editor e a minha produtora, Cleber Vasconcelos e Nair Ferraz, pela confiança e pelo carinho que dedicaram a mim. Agradeço também a toda a equipe da Editora Novo Século por confiar em mim o bastante para publicar esta obra.

A todos os meus amigos. São muitos. Cada um me ajudou de um jeito diferente. Com nomes, ideias, frases... (uma das frases deste livro foi criada pelo Douglas Costa. Muito obrigada, adoro aquela frase!)

Agradeço à Rayssa Victória pelas fotos.

Agradeço – um milhão de vezes – ao Ed Sheeran, que me ajudou muito nas partes românticas com suas músicas e me fez chorar em quase todas as partes.

À Kimberly Lima, minha amiga perfeita, que dedicou todo o seu tempo no Facebook conversando comigo sobre o Procura-se, ajudando-me a escolher os sobrenomes dos personagens e sendo minha leitora número Um. Te amo! (um dos personagens foi inspirado nela, mas só eu sei quem é.)

À Luana Silva, que fez a Fanpage para mim, antes mesmo de eu saber que realmente publicaria o livro.

Aos meus avós, Márcia e Ailton, e Elza e Walter. Vocês foram uns fofos acreditando que eu conseguiria escrever tudo isso. E aos meus tios Marcelo e Vivian, em especial minha tia Vivian, que, apesar das brincadeiras, eu sei que ama muito. (Ela, literalmente implorou para aparecer nos agradecimentos).

Agradeço de todo o meu coração a todas as pessoas que me ajudaram e acreditaram em mim desde sempre. São muitas e eu não conseguiria citar todas aqui, do contrário, ficaria escrevendo até 2050 e tenho mais livros para escrever...

Agradeço também aos meus amigos "os fortes": Gabriel Mariano, Camila Pacheco, Diane Garcia, Débora Garcia (Gêmeas!), Rebeca Passeti, Marcos Oliveira e Lucas Damião, por estarem comigo em todos os momentos em que precisei, e por fazerem o melhor marketing que já vi em toda a minha vida! (Compre *Procura-se*, mundo!).

E agradeço a Deus, que nunca me deixou sozinha. Obrigada! Te amo muito, mesmo! Por fim, agradeço a todos que amam #Miane tanto quanto eu.

E aqui estamos nós, antecedendo o primeiro capítulo do romance. Tudo o que eu espero é que você volte para o mundo real pronto(a) para viver um amor de conto de fadas como o de Ariane e Miles. Obrigada!

Beijos de Luz!

Prólogo

– Você vai se atrasar, venha logo!

– Tudo bem, pai, estou chegando. – Minha voz saiu rouca por causa do frio.

– Já está todo mundo aqui, quero que você conheça uma pessoa – disse meu pai, animado.

– É mais uma "amiga"? – Eu não gostava muito quando meu pai me apresentava para uma nova "amiga". Odiava o fato de ele querer arranjar uma substituta para minha mãe. – Eu sei que vocês se separaram, mas... Qual é? Eu ainda existo, seria bom me contar alguma coisa antes de marcar o casamento. – A ligação estava ruim. Tão ruim que minha voz, já furiosa, saiu ainda rígida.

– Ei! Espere aí, mocinha! – Ele falava rápido demais. O barulho atrás da linha não ajudava muito. – Não seja exagerada. É só uma amiga desta vez, acho. – Ele riu. – Venha logo, vamos cantar o parabéns daqui a pouco. – E desligou. Por um momento fiquei escutando a linha vazia, mas depois voltei à realidade.

Guardei o celular no bolso do meu casaco preto e abracei a mim mesma como se ajudasse a superar o frio. O vento batia contra meu rosto pálido e fino.

Por um instante eu quis estar em casa, na festa do meu irmão mais velho, Matt, que estava fazendo trinta e dois anos e já tinha esposa e até filhos. Eu não entendia como e por que ele gostava de comemorar todos os seus aniversários na casa do nosso pai.

O meu maior desejo era finalmente acabar o colegial e cursar Faculdade de Medicina. Não via a hora de me inscrever para a universidade. Quando eu finalmente acabasse o colégio, escolheria a universidade que ficasse o mais longe possível da minha vida atual.

O vagão do metrô parou diante de mim. Eu sentia muito frio. A dúvida que me atormentava todos os dias, quando eu ia entrar no vagão, me assombrou mais uma vez. *Por que eu não ficava na estação e deixava minha família?* Era tudo o que eu mais queria. Estava tudo desmoronando. Não me faria mal ir embora.

Lembrei-me mais uma vez da resposta.

Eu tinha uma irmã que precisava de mim, um pai que me amava e que eu também amava, e amigos que gostavam de mim. Afinal de contas, não era tão ruim.

Entrei no vagão e parti.

1

O aniversário de Matt foi igual aos anos anteriores. Na noite passada, quando entrei pela porta da frente, havia uma festa que daria para sessenta pessoas, mas, em vez disso, havia, pelo menos, cento e vinte pessoas ali. Elas pareciam felizes em torno da mesa de doces.

Claro, pensei. *Gordos adoram doces.*

No mesmo instante repreendi o pensamento. Eu não gostava de pensar assim, quem fazia isso era Natallie, uma menina da minha escola, loira, de olhos azuis, arrogante, fútil e insuportável. Arrependi-me de ter pensado dessa forma.

Comecei a achar que estava de mau humor, pois não tinha gostado de receber a notícia de que em breve ganharia uma nova mãe. Meu pai só tinha dito que eu conheceria uma nova "amiga", mas isso também tinha acontecido das últimas dez vezes. Todas as últimas namoradas tinham sido horríveis. A primeira, segundo ele, fora uma loira do trabalho. Ela era insuportável e ainda por cima era uma perua. O namoro logo terminou, pois explicar o por quê? Eu não sabia o nome de quase nenhuma das namoradas do meu pai. Na verdade, o namoro não durava tempo o bastante para que eu ficasse sabendo.

Dez namoradas. Todas bonitas, porém fúteis. Eu entendia que meu pai deveria seguir em frente depois que minha mãe nos abandonou para viver em Los Angeles com um homem rico, cujo sobrenome eu não sabia e que estava à beira da morte, mas eu não queria que meu pai passasse o resto da vida namorando mulheres burras e insuportáveis. O meu único desejo agora era que a nova "amiga" fosse, pelo menos, interessante.

O aniversário todo foi uma besteira e tive que aturar o sobrinho da Brenda, esposa de Matt, falando que minha roupa estava bonita e perguntando se algum dia eu o namoraria. Basicamente passei a noite inteira falando: "Não, Patrick!"

Esperei a festa toda e a nova "amiga" não apareceu. No fundo, fiquei triste. Às vezes era engraçado conhecê-las. O jeito que elas falavam comigo, como se eu fosse uma criança de seis anos de idade, fazia-me rir. Talvez um pouco de risada não me fizesse mal. Mas a "amiga" não chegou.

A festa acabou e fui para a cama. Às vezes o melhor que eu fazia era pensar, e o melhor lugar para isso era na cama. Coloquei meu pijama de frio e me enrolei nas cobertas deixando apenas uma luminária ligada. Peguei um de meus livros, terminei de lê-lo e, sem querer, dormi.

Acordei assustada. Meu celular estava tocando, mas quando o alcancei, já tinha parado de tocar. Na tela havia um número desconhecido. Estranhei. Eu tinha quase certeza de que sabia de quem era aquele número, mas era impossível e...

Até que olhei para o relógio. Sete e quinze. Eu nunca me atrasava para a escola. No entanto, hoje, só havia quinze minutos para me arrumar, tomar café da manhã e chegar à escola, que ficava a cinco quarteirões de distância.

Corri para o banheiro e percebi que não teria tempo para tomar banho, então só escovei os dentes e lavei o rosto. Corri para o quarto e coloquei aquele uniforme horrível que não me deixava nem um pouco bonita, ao contrário de Callie, minha amiga, que ficava bonita com qualquer coisa sobre o corpo, inclusive o uniforme da escola.

No reflexo do espelho eu via uma menina magra, cabelos castanhos-claros, olhos azuis-turquesa e olhar triste. Só deu tempo de passar o rímel, então desci as escadas correndo, peguei uma maçã na fruteira e já ia abrindo a porta quando meu pai falou:

– Vá mais devagar, Ari!

– Não dá, estou atrasada – eu disse rápido demais, tentando evitar mais uma conversa que não levaria a lugar nenhum.

– Quer que eu te leve na próxima aula? – ele perguntou.

– Não. Tenho prova na primeira. – Abri a porta, saí e gritei: – Tchau!

Eu nem sabia quais seriam as aulas do dia, muito menos se haveria alguma prova. Torci para não haver nenhuma atividade que pudesse me encrencar. O fato é que, no fundo, eu gostava de ficar atrasada, da adrenalina que isso me oferecia. Eu sempre conseguia chegar bem na hora.

Cheguei exausta na escola. Corri cinco quarteirões sem parar nem para respirar, o que não era muito bom nas condições em que meu coração se encontrava. Cheguei ao último minuto que me restava e fui parada por Callie.

– Meu Deus, Ariane!!! – ela gritou. – Você está parecendo um panda.

– Bom dia pra você também, Callie – falei ofegante e com um meio sorriso no rosto. Só a presença de Callie já me alegrava.

– Não, não, não! – Callie gritava. – Banheiro agora.

Callie era meio histérica, mas era isso que eu mais gostava nela. Fomos para o banheiro e, quando me olhei no espelho, entendi a situação na mesma hora e comecei a gargalhar.

– Meu Deus! Estou realmente parecendo um panda – gritei rindo enquanto me olhava no espelho.

A minha aparência não era das melhores comparada à de Callie, que tinha o rosto anguloso, olhos pretos e profundos, cabelos claros, que quase chegavam a ser prateados, que desciam até a cintura e enrolavam nas pontas, pele branca e um sorriso maravilhoso.

– Nada com que eu não possa lidar, querida – Callie disse.

Eu estava mesmo parecendo um panda. O rímel que passei, apressada demais, tinha borrado por inteiro e escorrido pelas minhas olheiras e bochechas. Eu só não compreendia como não havia reparado nisso antes. Callie abriu seu estojo, pegou um algodão e começou a me limpar.

– Fiquei sabendo que aquele cara, o Miles Benet, está voltando – ela dizia enquanto passava base e pó em meu rosto.

– Hamm... Voltando pra onde? – perguntei.

Miles era um menino que todos tinham conhecido no sétimo ano. Ele era revoltado e meio estranho. Ninguém gostava dele. Era quieto demais.

– Ah, Ari, pare de se mexer! – Ela seguia os meus olhos. – Voltando para a escola. Ele tinha se mudado para Indiana, lembra? Agora voltou para Nova Iorque e vai terminar o colégio aqui. – Ela começou a passar o lápis preto em torno dos meus olhos. – Feche os olhos, amada.

– Nada de interessante! – falei, com os olhos fechados. – Ele era estranho.

– Novidades!!! – Callie bateu palmas. – Disseram que os ares de Indiana o fizeram bem. Agora ele está irresistível, querida. – Ela estalou os dedos – Natallie confirmou. – Por último, ela reforçou o rímel e disse: – Pronto. Está pronta para conhecer o novo Miles Benet.

– Oh meu Deus! – pisquei. – Conheça-o você. Eu não tenho tempo pra isso. Aliás, eu *não* preciso de namorado algum.

– Eu já tenho namorado, o Harry. Ele me faz tão bem, querida. Você deveria arrumar um também. Se quiser eu peço pra ele te apresentar algum dos amigos britânicos lindos que ele tem.

Fiz que não com a cabeça e empurrei a porta para que saíssemos do banheiro.

No começo da aula, mantive a expectativa de ver o Miles, mas, conforme o tempo passava, a esperança que existia dentro de mim foi se acabando. Até que a porta se abriu e a diretora, Srta. Sharpey, entrou na sala com um garoto a acompanhando. Era Miles, o reconheci pelos olhos. Lindos olhos, grandes e verdes.

Eu não acreditava... Miles Benet, o garoto do sétimo ano que não era nem um pouco bonito, estava lindo agora. Ele tinha o cabelo preto, em um topete moderno, estava de uniforme, mas fez com que todos os meninos daquela sala estivessem usando trapos em vez de roupas. A sua pele era clara como a minha, seus olhos eram verdes e eram quase tão claros quanto os meus. Seus lábios tinham uma cor rosada natural que qualquer menina daria tudo para ter. Ele estava total e incrivelmente lindo.

Alguns suspiros altos ecoaram pela sala de aula.

– Esse é Miles Benet, turma – a Srta. Sharpey disse, apontando para ele. – Quero que o recebam bem.

– Vamos recebê-lo muito bem, Srta. Sharpey – Natallie disse enquanto tentava jogar seu charme para Miles. – Pelo menos eu irei – ela disse mais baixo dessa vez.

– Graças a Deus que tenho você como aluna, Natallie – disse a Srta. Sharpey. – Pelo menos uma pessoa que realmente me obedece e me compreende nesta escola. Obrigada, querida.

– Ela vai! – Callie virou a cabeça para trás e cochichou de forma que somente eu pudesse ouvi-la. – Natallie vai receber ele *muito* bem, não é, amada? – Eu não parava de olhar para Miles, estava encantada e mal pude ouvir o que Callie dizia. Como aquele Miles poderia ser o mesmo Miles do sétimo ano? As pessoas mudam.

– Do jeito que ele a olha – comecei a falar –, acho que não vai se importar em ser recebido por ela.

Miles encarava Natallie de um jeito um tanto... estranho. Era possível que ele estivesse lembrando de todas as maldades que ela aprontara contra ele, mas achei muito mais provável que ele estivesse apenas aproveitando a vista.

Callie virou imediatamente para trás e quase deu um grito.

– Meu Deus! Eles estão se olhando? – Callie ficava paranoica às vezes. – Isso não é bom. Isso não é bom.

– O quê? – perguntei. – O que não é bom?

– Você sabe o que a Natallie faz. Se ele olhar para ela por mais alguns segundos, ele vai entrar em combustão – ela dizia rápido enquanto gesticulava com as mãos. – Precisamos fazer ele notar você.

– Meu Deus, Callie!!! – sussurrei alto desta vez. – Pare com isso.

Callie fez uma cara de triste meio forçada e começou a rir. O problema em Callie era que tudo o que ela fazia contagiava as pessoas. Ou seja, *me* contagiava. Se ela chorasse ou ficasse triste, as pessoas também choravam e ficavam tristes. Se ela ficasse feliz e risse, as pessoas riam também.

Callie começou a gargalhar e automaticamente comecei também.

– Srta. White – a Srta. Sharpey repreendeu.

Callie estava rindo tanto que nem escutou seu próprio nome.

– Srta. White! – ela falou mais alto desta vez. Callie e eu ríamos sem parar.

– Srta. White!!! – ela gritou. – Callie White!!!

O sorriso de Callie não saiu de seu rosto, mas ela se esforçou para parar de gargalhar.

– Desculpe, Srta. Sharpey – Callie disse tentando controlar a risada.

– Da próxima vez, tente responder no exato momento em que alguém pronunciar seu nome, Srta. White. – A Srta. Sharpey estava vermelha. Ela se irritava facilmente.

– Desculpe, Srta. Sharpey. – Callie não tinha vergonha em se pronunciar. – É só que eu não gosto do meu sobrenome. Então, automaticamente, meu cérebro o rejeita – ela disse com um sorriso estampado no rosto.

– Então, Srta. *White,* que tal compartilhar o assunto que fez você rir tanto? – A Srta. Sharpey gostava de provocar. – Adoro rir. Vamos ver se a piada é realmente boa.

– Bom, eu... – Callie quase perdeu a fala. Quase. – Eu estava pensando. O que a senhorita acha de alguém mostrar a escola para Miles?

– Ele já conhece nossa escola. – Ela ainda estava brava. – Ele já estudou aqui, não é, Miles?

Miles só balançou a cabeça e sorriu.

– Mas talvez ele tenha esquecido – Callie falou rindo. – Pense um pouco, a Srta. Sharpey. Digo, senhorita – disse e gargalhou mais uma vez.

Quando Callie queria, ela conseguia.

– Certo – Sharpey falou enquanto pensava no assunto. – Natallie, que tal mostrar a escola para Miles? – O sorriso de Callie se desmanchou na hora, enquanto Natallie abria um grande sorriso.

Natallie se levantou imediatamente e correu para o lado de Miles.

– Vamos? – ela perguntou agarrando um dos braços de Miles.

– Haam... Vamos – ele disse sem jeito. Reparei que a voz dele tinha mudado.

Eles saíram e as conversas cessaram. Callie se sentou de braços cruzados, brava.

– Não acredito – ela bufou. – Não era pra *ela* ir com ele. Era pra *você* ir.

– Se eu fosse – pensei na possibilidade –, te odiaria pelo resto de sua vida.

– Não sei por que, você... – Callie começou, mas foi interrompida pela voz da professora que saía mais alto. – Eu sei de tudo, Ari, não se faça de vítima. Você adorou ver como ele ficou bonitão. – Ela disse em tom de humor.

– Sim – eu disse, com um sorriso estampado no rosto. – Ele ficou bonito.

2

Era sábado e fui acordada por Becky às seis e quarenta da manhã.

– Por favor, Ariane, acordeee!!! – Ela repetia várias vezes enquanto me empurrava na cama. – Eu preciso de você. Agora.

Becky era minha irmã mais nova. Para mim, a criança mais incrível do mundo. Ela tinha nove anos e conseguia ser mais inteligente do que qualquer outro adolescente de quinze.

Além de ser inteligente, era linda. E isso não só por ser minha irmã. Ela era linda de verdade. Seus olhos eram castanhos, seus cabelos eram lisos como os meus, mas um pouco mais claros, e sua pele era clara como a minha.

Ela era muito talentosa. Mesmo tendo apenas nove anos, eu gostaria de ser como ela. Inteligente, bonita, vaidosa, cuidadosa, meiga, gentil e feliz.

– Por favor, Ari – ela repetiu. – Está quase na hora.

– Mas... hora de quê? – perguntei, resmungando e cobrindo minha cabeça com o travesseiro.

– Eu vou para o concurso de soletrar, esqueceu? – ela disse animada. – Você prometeu que me levaria.

– Mas eu pensei que o concurso fosse à tarde – falei pronta para me levantar.

– Pessoas inteligentes acordam cedo, sendo assim, os concursos para pessoas inteligentes também ocorrem pela manhã – ela disse ainda me puxando para fora da cama.

– Ah! – falei. – Eu odeio quando você fala assim.

– Assim como? – ela perguntou, parando de me puxar por um momento.

– Como uma mulher de vinte anos – falei me levantando.

– Modéstia à parte, eu sou inteligente. Não tenho outro modo de falar – ela disse me provocando ainda mais. – Anda, mulher, vá fazer meu café, que já está quase na hora de irmos – falou imitando o personagem de nosso filme preferido enquanto gargalhava.

Nem respondi. Fui direto preparar o café da manhã para ver se ela ficava quieta de uma vez.

– Você tomou seu remédio? – Becky me perguntou no ônibus, quando estávamos indo para o concurso.

Fiz que sim com a cabeça. Eu não gostava de admitir que tinha uma doença que poderia me levar à morte, mas não podia negar. Eu tinha uma doença.

As pessoas sempre pensam que uma doença terminal não pode acontecer com elas ou com a família delas. No meu caso, era inevitável. A minha família tinha um problema: a cada duas gerações nascia alguém com problemas cardíacos. Eu fui a segunda geração.

Tenho problemas cardíacos desde que nasci. Fui diagnosticada com doença arterial coronariana. Os primeiros sintomas ocorreram quando eu tinha seis anos. Minha mãe ainda era casada com meu pai, eu estava brincando e de repente senti umas pontadas no peito. Doía muito. Comecei a chorar e chamei minha mãe.

Eles não sabiam que minha família tinha esse problema. Levaram-me para o hospital pediátrico na mesma hora, pois eu não aguentava de tanta dor.

– A doença arterial coronariana é rara em crianças. Ela ocorre quando se formam placas nas artérias que alimentam os músculos cardíacos com sangue rico em oxigênio. A placa estreita as artérias, reduz o fluxo sanguíneo e aumenta a probabilidade da formação de coágulos, bloqueando o fluxo sanguíneo e provocando ataques cardíacos. Ao longo do tempo, a Coronariana pode enfraquecer o músculo cardíaco e levar a insuficiência cardíaca e arritmias – disse o médico, com pena no olhar, para minha mãe e meu pai.

Minha mãe começou a chorar na mesma hora. Eu não entendia nada do que estava acontecendo. Não podia fazer nada. Todos pensavam que eu fosse morrer. Minha família era muito dramática, mas se fosse meu filho eu também me desesperaria.

Os médicos encontraram uma solução. Eles disseram para minha mãe que, se eu tomasse os medicamentos certos e fizesse os procedimentos necessários, eu aguentaria mais alguns anos. Desde então eu tomava duas doses de medicamentos por dia. Se eu passasse muito tempo longe dos remédios, as dores voltavam.

– Ah! Chegamos – Becky disse animada. – Estou morrendo de medo.

– Não precisa sentir medo – falei enquanto descíamos do ônibus. – Você vai arrasar.

– Ah meu Deus! – ela disse rindo. – Você está andando muito com a Callie. Está falando igual a ela.

– Pelo menos eu falo como alguém da minha idade – retruquei dando um tapinha de leve em sua cabeça.

Entramos rindo no salão onde ia acontecer o concurso. Eu sentei na plateia e ela foi para trás das cortinas. E, como eu tinha dito, ela arrasou. Sabia soletrar todas as palavras citadas. Inclusive palavras que *eu* não sabia.

– Não acredito!!!! – Becky gritava no ônibus enquanto segurava o troféu de segundo lugar no colo. – Eu me esforcei tanto e... e saí em segundo lugar! Eu me esforcei tanto.

– Você só errou uma palavra. Não precisa disso tudo, Becky – eu disse consolando-a.

– Uma palavra! – ela gritou. – Uma palavra. Isso é injustiça – ela fez cara de choro. – Não entendo! Eu sou... eu não... eu tentei, Ari.

– Você não perdeu, Rebecca – eu respondi quase gritando. – Não precisa chorar. Algum dia eu gostaria de tirar o segundo lugar em algum concurso. – Comecei a rir. – Nem prêmios de consolação eu ganho.

– Ah, Ari, mas eu me esforcei tanto – ela disse. – Eu vou me matar. Vou me cortar! – falou apontando para os pulsos e rindo.

– Meu Deus, Becky!!! Que horror. Nunca mais fale isso – resmunguei brava.

– É brincadeira – ela me disse. – Vamos, vamos contar ao papai a novidade. Ano que vem eu ganho daquele nerdzinho ridículo – falou sinalizando que tínhamos chegado.

3

Meus dias estavam sendo somente normais. Nada de novo, nada de interessante, só os mesmos dias de sempre. A mesma rotina, as mesmas coisas para fazer. Tudo igual. Fazia uma semana que Miles tinha voltado e eu ainda não tinha conseguido trocar nem uma mísera palavra com ele.

Mais um dia na escola em que tudo parecia igual. Era aula de literatura, uma das minhas favoritas, porque eu adorava ler, até que senti uma dor. A mesma dor que eu tinha quando não tomava o remédio na hora ou no dia certo. Uma pontada no coração. Parecia que alguém estava esfaqueando-o.

Coloquei a mão no coração e me contorci. Curvei a cabeça na mesa e esperei. Às vezes a dor passava... Mas não passou. Eu precisava alcançar "o salvador", era assim que eu chamava o remédio de emergência que ficava na minha bolsa. Mas eu não conseguia me mexer de tanta dor. Não conseguiria alcançar a bolsa. Callie me ajudaria se estivesse ali, mas ela não tinha ido para a aula.

Era muita dor. Eu precisava de ajuda. Eu poderia ter uma parada cardíaca a qualquer instante. Virei minha cabeça curvada para o lado com muito esforço. Miles estava na cadeira ao lado da minha e parecia entediado. Tentei chamá-lo, mas minha voz não saía.

Até que ele se virou. O olhar dele parou bem nos meus olhos. Ele fez uma cara de assustado.

– Você está bem, Ariane? – ele me perguntou alarmado. – Você está pálida. Muito pálida.

Eu deveria pensar em não morrer ou alguma coisa do tipo, mas só conseguia pensar em como aqueles olhos eram lindos.

– Eu... – sussurrei. Minha voz não saía. Eu me esforçava, mas não conseguia.

Levantei a mão e apontei para o meu coração. Era muita dor, eu não sabia se aguentaria.

– Seu coração? – ele perguntou, não entendendo o sinal. – Seu coração está doendo?

Fiz que sim com a cabeça. Quase não conseguia me movimentar. Apontei para o bolso da minha mochila indicando que meu remédio estava lá. Ele pareceu entender e imediatamente levantou de sua mesa. Meus olhos começaram a fechar, eu não estava aguentando.

Ele se ajoelhou ao lado da minha mesa e abriu o bolso em que estava o remédio, que mais parecia com aquelas bombinhas de ar que pessoas asmáticas precisam. Ele o pegou e colocou-o em minhas mãos. Levantei minhas mãos em direção à boca. Elas estavam tremendo, meus olhos estavam se fechando e eu mal conseguia me mover.

Inalei o salvador, respirei fundo e a dor parou. O remédio fazia efeito rápido, por isso eu tinha lhe dado aquele nome. Não que eu desse nome a todos os meus remédios. Só alguns. Eu ainda estava tremendo, mas a dor tinha parado.

– Obrigada – disse ofegante para Miles.

Ele ainda estava ajoelhado do meu lado.

– Imagina – ele respondeu me olhando nos olhos. – Você tem problemas cardíacos?

– Tenho coronariana – eu disse e ele pareceu não entender. – É tipo isso – prossegui sorrindo.

A Srta. Fray, nossa professora de literatura, sequer tinha notado o que estava acontecendo.

– E você está bem agora? – Ele ainda estava meio assustado.

– Estou – sussurrei rindo. Ele sorriu e se sentou novamente.

Não sei o porquê, mas eu não gostava de contar às pessoas que tinha Coronariana. Elas não precisavam saber. Não ia mudar nada. As únicas pessoas da escola que sabiam que eu tinha uma doença cardíaca eram: Callie, a Srta. Sharpey e a secretária do colégio.

Callie sabia porque nos conhecíamos desde pequenas. Ela sempre me via tomando os remédios e sempre me ajudava quando eu tinha crises na escola ou em algum lugar que não fosse minha casa. Ela sempre soube onde ficava o salvador e sempre me ajudava.

A Srta. Sharpey também sabia pois meu pai queria mais segurança.

– Se algum dia Callie faltar, ela vai te ajudar.

Ele me disse isso, mas, pensando bem, ela nunca tinha me ajudado. Callie nunca faltou quando tive uma crise e, quando faltou, quem me ajudou foi Miles. Se Miles não estivesse lá para me ajudar, eu não conseguiria pedir ajuda para ela.

A secretária também sabia, porque dias atrás eu tinha tido uma outra crise enquanto Callie estava no banheiro e foi ela quem me ajudou.

Antigamente essas crises não existiam. Quando passaram a existir, elas ocorriam com um longo período entre elas. Eu mal usava o salvador. Agora elas ocorriam com mais frequência.

E Miles... Ele também sabia, agora.

O sinal já tinha tocado. Estava do lado de fora da escola pronta para ir embora.

– Então você tem problemas cardíacos – Miles falou baixo quando parou perto de mim. Levei um susto.

Fiz que sim com a cabeça e sorri meio envergonhada.

– Você não fala, Ariane? – ele me perguntou rindo. – Tem problemas cardíacos e ainda é muda. Meus pêsames.

– Eu falo – disse alto enquanto ria. – Só que falo pouco.

– Duvido. – Ele bateu de leve no meu braço, rindo. – Você tem cara de pessoa que não fica quieta.

– Às vezes é difícil de controlar! – exclamei rindo.

Era minha primeira conversa com Miles Benet desde que ele voltara e nem tinha percebido.

– Ah! Você está aí – gritou alguém.

Era Becky.

– O que você está fazendo aqui, Rebecca? – perguntei.

– O papai também está aqui. Ele está no carro te esperando.

– Me esperando para quê? – eu perguntei.

– Para ir. – Ela arqueou as sobrancelhas.

Lembrei-me que meu pai tinha agendando uma consulta com o cardiologista. Esqueci que seria naquele dia.

– Tudo bem. Estou indo – falei para ela. – Tenho uma consulta com meu médico hoje. Até mais, Miles – disse para ele quando me virei para atravessar a rua.

Só o vi acenando com a mão e sorrindo.

4

As notícias não eram boas. Segundo o Dr. Smith, minha doença tinha progredido. Pelo visto, o salvador não me ajudaria mais. Eu ia precisar de muito mais para sobreviver.

Eu estava com medo, não podia negar. Mas quando o Dr. Smith nos deu a notícia eu parecia calma e forte. Já meu pai ficou branco. Como seu fosse morrer a qualquer momento. Só uma leve dor já era um sinal de que minha hora estava chegando. Vi como meu pai ficou assustado, eu não queria que ele ficasse triste.

– Não, pai – eu disse no carro quando estávamos voltando para casa. – Estou bem. Não estou sentindo mais aquelas dores.

Eu estava mentindo. As dores estavam piores.

– Estou bem.

Ele pareceu mais calmo, mas eu sabia que não estava.

Voltamos para casa ouvindo Becky contar o resumo de um livro que ela tinha lido. Eu não prestei muita atenção, eu estava pensando. Particularmente falando, eu era muito boa em me perder em pensamentos, mas, para falar a verdade, nem lembro no que estava pensando. Se era bom ou ruim. Não lembro.

Eu estava sentada no meu quarto com o salvador em minhas mãos. Eu olhava fixamente para ele. Estava triste. Eu não queria morrer.

– Ah!!! Que coisa mais deprimente!!! – Aquela voz, que eu reconheceria em qualquer lugar, gritou. – Amada, fique alegre.

Callie me animava. Não importava as circunstâncias, ela sempre estava lá.

– Eu não estou deprimida. – Foram minhas sábias palavras.

– Ah, claro. E usei minha bolsa da *Louis Vuitton* ontem enquanto chovia – ela disse ironicamente.

Sentou-se na cama, ao meu lado, e me abraçou.

– Você está com medo? – disse séria desta vez.

Fiz que sim com a cabeça. Eu estava com muito medo. Medo de morrer. Medo de perder minha família. Medo. Só medo.

– Tudo bem, isso já está ficando chato – ela falou me cutucando. – Vamos para o shopping. – Ela levantou da cama, me ajudou a levantar e saímos.

Compramos muitos sapatos para Callie. Esse era seu vício. Depois fomos comer. Eu já tinha almoçado, mas comida nunca é demais, não é? Palavras sábias de Callie White.

Eu me sentia bem ao lado de Callie. Não sei por que, mas ela me animava nas piores horas. Era um talento que ela tinha e eu não. Quando alguém ficava triste eu não sabia como agir e o que fazer. Eu ficava paralisada. Mas Callie não, ela era muito boa, conseguia animar qualquer um. Callie era o tipo de pessoa que trancava o amor dentro de si própria. Ela só liberava o amor para quem ela realmente gostasse.

E eu não estava conseguindo expressar muito os meus sentimentos. Enquanto ela fazia de tudo para me ver feliz eu só ficava lá, parada. Eu sempre seria grata por tudo o que ela já tinha feito por mim. Guardaria todos os nossos momentos, todas as nossas conversas e todas as nossas risadas.

Uma vez, quando tínhamos doze anos de idade, a professora mandou fazer um poema que representasse o amor. Eu escrevi sobre namorados e amores mal compreendidos, coisa que qualquer menina daquela idade faria. Mas Callie não, ela escreveu um poema sobre amizade. Ela fez aquele poema para mim. Nele dizia que os amigos são para todas as horas, principalmente para as horas difíceis, como estavam sendo os meus dias.

Aquele poema era tão lindo. Sem contar que Callie tinha apenas doze anos. Ela já escrevia muito bem e lia bem também. A professora perguntou quem podia ler o seu poema para todos e Callie foi a primeira a levantar a mão.

– Amizade – leu o título do poema.

Ela leu aquele poema como uma profissional. Leu como se tivesse treinado em frente ao espelho por semanas.

– A verdadeira amizade é uma pérola de amor inestimável. Cultive a amizade. Corresponda às gentilizas. Não se encolha e nem se afaste dos outros. Há muito de amor trancado em você.

Ela falava tão bem. A professora sentia muito orgulho, mas, acima de tudo, eu sentia orgulho da minha amiga.

– Procure ser o amigo das horas difíceis. Dê demonstrações de sua amizade, mas não espere ser correspondido. Compreenda que nem todos são como você. Tolere as faltas dos seus amigos.

Ela parou de ler por um minuto e respirou fundo.

– Tenha amizade pura e desinteressada. Não deixe que o tempo o consuma – e concluiu: – Não pode ser amigo quem não AMA INCONDICIONALMENTE.

Todos aplaudiram. Ela leu esse mesmo poema na feira cultural da escola naquele ano.

Eu tinha muito orgulho de Callie.

5

No outro dia na escola eu já estava me sentindo melhor. Passar um tempo sozinha com Callie tinha me ajudado.

As aulas começaram normalmente. Até que começou a aula de História.

– Planejei um trabalho muito legal para vocês – a professora disse, animada. – Vocês sempre reclamam porque todos os trabalhos têm que ser escritos e demoram muito para serem feitos. Vocês queriam algo novo e divertido.

Era verdade. Todos os trabalhos que a Srta. Montezz pedia eram muito difíceis e chatos.

– Bom, esse bimestre será diferente. Não vai haver trabalho.

Todos gritaram de alegria. Como assim não haveria trabalho, de onde viriam as notas? Não que eu quisesse fazê-los, mas como me formaria se não tivesse nota?

– Aliás, haverá um trabalho, mas apenas um. – Suspiros entristecidos ecoaram pela sala. – Que vai durar o bimestre todo. Vocês vão se juntar em dupla e fazer uma sessão de fotos. A nossa cidade tem muita história. Vocês vão escolher um tema e tirar fotos do que quiserem. Toda semana haverá um tema diferente. Eu só quero fotos e uma pequena parte escrita. Não preciso de mais nada. O que vocês acham?

Fiquei muito feliz. Com certeza a minha parceira seria Callie.

– Só vai haver um probleminha – ela sorriu. – Eu que vou escolher as duplas.

Ela começou a juntar as mesas lado a lado.

– Vou juntar vocês agora para que já possam discutir sobre o assunto.

Olhei para o lado para ver quem seria o meu parceiro e o que vi foi Miles me olhando com um sorriso estampado no rosto.

– Ariane Sparks e Miles Benet – ela disse quando chegou mais perto. – Vocês serão a dupla número nove.

Miles levantou de sua mesa e começou a arrastá-la em direção à minha.

– Posso? – ele me perguntou, sinalizando que gostaria de se sentar.

– Claro – eu deixei.

– Bom... – ele começou a dizer quando se sentou. – É impressão minha ou você está me evitando?

– Hmm... Sim, estou te evitando – eu admiti, sentindo meu rosto queimar. Mas, ao contrário do que eu queria fazer, sorri do mesmo jeito que ele estava sorrindo para mim.

Ele riu.

– E por quê?

– Bom... – comecei. Eu não sabia o por quê. – Eu tenho vergonha.

Ele gargalhou.

– Vergonha de mim?

– Claro que não – respondi. – Vergonha da minha doença.

– Se eu não soubesse, você estaria... – Ele não terminou.

– Morta? – eu disse no meio de uma risada? – É.

– Então. Não precisa ter vergonha da... – Ele não sabia o nome.

– Coronariana.

– Isso. Não precisa ter vergonha – ele me disse. – Isso é normal. Não é sua culpa.

Fiz que sim com a cabeça.

– Mas mudando de assunto... – ele começou. – O que nós vamos fotografar?

Depois de discutir alguns assuntos, combinamos que iríamos tirar algumas fotos do Central Park, pois muitas pessoas o conheciam.

– Então, amanhã? – eu perguntei ao final da aula.

– Não! – ele disse. – Hoje.

– Hoje?

– Pode ser? – questionou. – Eu gostei de conversar com você, Ariane. Não vou aguentar até amanhã – ele disse mostrando aquele sorriso lindo.

– Então está bem – eu disse meio envergonhada. – Hoje.

– Esteja no Central Park às quatro horas.

6

Eram quase 16h e eu estava atrasada. Eu já devia estar no Central Park fotografando com Miles, mas tinha me esquecido do compromisso. Lembrei quando faltava apenas meia hora. Por sorte, o Central Park não ficava longe. Me arrumei, por algum motivo, mais do que devia.

– Está atrasada – gritou Miles de longe quando cheguei no Parque.

– Desculpa. Eu me esqueci – falei sem graça.

– Tudo bem. – Ele sorriu.

Miles aparentava ser um menino muito feliz. Ele sempre estava sorrindo e alegrando o dia de todos com piadas e brincadeiras.

– Você quer começar por onde?

Nós escolhemos alguns dos pontos mais visitados do parque para tirar algumas fotos. Foi um trabalho muito fácil. Ainda mais ao lado de Miles, que fazia piada de tudo o que víamos ou fazíamos.

– Olhe aquilo ali. – Ele apontou para uma das estátuas. – Nunca gostei dessa estátua.

– Por quê? – perguntei. Eu também não gostava dela.

– É muito deprimente – ele disse, fazendo uma cara séria pela primeira vez. – As pessoas vêm ao parque para quê, afinal?

– Bom, acho que para se diver... – comecei.

– Para passar um pouco de tempo fazendo coisas legais e serem felizes, não é? Pois bem, o que essas pessoas felizes vão fazer quando virem essa estátua triste?

– Olharão para ela e depois continuarão felizes – eu disse mais rápido para poder responder.

– Isso mesmo – ele confirmou. – Mas por que essa estátua está aqui, afinal? – Ele estava mais sério, mas de vez em quando abria um pequeno sorriso torto. – É uma arte tão bonita. As pessoas não apreciam ela aqui. Deveriam colocá-la em algum museu ou algo do tipo.

Fazia sentido. Sorri e assenti com a cabeça. Ele pareceu não notar que eu não tinha uma resposta para a argumentação feita e começou a tirar mais fotos da estátua.

Depois que acabamos de tirar as fotos, voltei para casa e me deparei com meu pai. Ele estava de braços cruzados e parecia bravo.

– Por onde andou? – ele me perguntou, parecendo preocupado.

– Fui ao Central Park com Miles – eu disse.

– Quem é Miles? – disparou.

– É um amigo. Fui fazer um trabalho – respondi isso e comecei a subir as escadas.

– Ei! – ele gritou. – Você está de castigo.

– Por que estou de castigo? – perguntei indignada.

– Você sabe as suas limitações – ele disse devagar. – Continue assim e seu coração vai parar. Não quero que isso aconteça, Ariane – ele estava falando a verdade, senti que estava.

E estava com um olhar de pavor. – Você deixou o salvador aqui em casa!!! Por que não o levou? Está ficando louca?

– Eu não preciso mais dele. – Era mentira.

Subi as escadas correndo. O assunto do qual eu menos gostava de falar era sobre meu coração que estava prestes a parar. Eu já sabia das minhas limitações, eu sabia o que podia fazer e o que não podia. Ninguém precisava me lembrar.

Meu pai sempre se preocupou comigo. Ele sempre me lembrava de levar o salvador por onde quer que eu andasse. Naquele dia eu não o tinha levado propositalmente. Miles já sabia que eu tinha Coronariana, ele já tinha me ajudado. Ele não precisava fazer isso de novo. Queria que ele esquecesse da minha doença.

Passei a tarde inteira no parque com medo de ter um ataque. Felizmente tudo correu bem. Uma vez ou outra eu sentia uma leve pontada, mas nada de tão grave.

Tomei os remédios e fui para a cama. Não passava das oito horas da noite, mas eu estava muito cansada. Uma vez ouvi dizer que pessoas que estão à beira da morte tendem a dormir mais. Essa era uma boa pista de que a minha hora estava chegando.

Estava pronta para dormir quando ouvi meu celular tocar. Número desconhecido. O mesmo número que eu tinha quase reconhecido alguns dias atrás, no dia em que Miles voltou para a escola. Atendi.

– Alô?

– Ariane?! – Era a voz de Miles. – Ah, que bom, liguei para a pessoa certa.

– Miles? – perguntei. Por que ele tinha me ligado? – Quem te deu meu número? – Minha voz saiu indelicada.

Era o número de Miles? Se era Miles, porque ele tinha me ligado naquele dia?

– Callie White – respondeu. – Eu precisava falar com você.

– Bem, pode falar. – Foram minhas palavras.

Meu cérebro só pensava em como Callie era irresponsável. Como ela pôde passar meu número para uma pessoa qualquer? Embora Miles não fosse uma pessoa qualquer.

– Já fizemos a primeira parte do trabalho – ele disse. – Você tem alguma ideia para a próxima? Porque tenho – ele riu.

– Eu... Bem, ainda nem pensei na segunda parte – falei devagar. – Ainda temos muito tempo.

– Bom... O que você acha de fotografarmos algum parque de diversão popular? – ele disse, ignorando o que eu tinha dito antes. – Eu conheço um que não é muito longe. Muitas pessoas vão lá.

– Pode ser – concordei. – Depois nós marcamos.

– Não, não – ele disse rápido. – Vamos amanhã à noite?

– Amanhã? – perguntei assustada.

– É.

– Mas ainda temos muito tempo, Miles – eu comentei. – Temos mais duas semanas.

– Minha mãe sempre falava que é muito melhor fazer o trabalho antes, porque depois podemos ficar livres e sem compromisso – argumentou rindo. Lembrei que meu pai também falava isso para mim. – É meio bobo esse conselho, mas sempre me ajudou.

– A que horas? – perguntei, e ele pareceu ficar muito animado.

– As oito – falou entusiasmado.

– Tudo bem.

– Você quer que eu te busque?

– Bom... Eu não sei onde fica esse parque – comecei. – Pode ser.

– Até amanhã, Ari – ele sussurrou rindo.

– Tchau – falei.

Desliguei o celular e o coloquei na estante de livros que ficava atrás da minha cama. Somente quando me endireitei na cama me recuperando do telefonema me lembrei:

Eu estava de castigo. Como ia sair com Miles?

7

Tantos dias para o meu pai me castigar e ele teve que me castigar bem no sábado?

Estava um dia quente e bonito lá fora. Becky e eu ficamos um tempo no quintal dos fundos. Ela brincava na cama elástica enquanto eu olhava para o céu deitada na grama. Eu adorava ficar somente admirando o céu. Era quando meus pensamentos se esvaziavam. Quando eu tinha um momento só meu. Porém, naquele dia, meus pensamentos não ficaram calmos e plenos.

Eu só conseguia pensar no meu coração, que batia descontroladamente em meu peito. Só conseguia pensar em como minha vida seria se eu não tivesse uma doença terminal. Meus pensamentos iam e voltavam ao meu coração. Eu sentia medo e alegria ao mesmo tempo. Meus sentimentos estavam quase descontrolados.

Levantei-me e fui assistir televisão. Era sábado, não tinha nada que eu gostasse passando, então peguei meu celular para ligar para Callie. Fazia dois dias que eu não a via.

Quando liguei o celular, vi que tinha uma mensagem de Miles na tela principal: "Não esqueça. Ás 20h estarei aí!!!"

Como eu iria ao parque? Estava de castigo. Meu pai nunca deixaria eu sair para ir a um parque. Ele não acreditaria que meu trabalho escolar deveria ser feito em um parque de diversão.

Nem eu acreditava que aquilo era um trabalho escolar.

Mesmo sabendo que estava de castigo, me arrumei. Talvez eu conseguisse ir.

Mas eu não podia pedir ao meu pai. O que ele falaria? Faltavam cinco minutos para as oito. Tranquei a porta e avisei a todos que ia dormir, pois estava muito cansada.

Arrumei minha cama com travesseiros, fazendo com que parecesse que eu estava dormindo, como sempre via em filmes. Nunca pensei que teria que fazer isso na minha vida. Mandei uma mensagem para Miles dizendo para que esperasse na janela, que depois eu explicaria tudo.

Saí pela janela às oito horas em ponto. A minha casa não era muito alta. Só havia dois andares. Meu quarto ficava no segundo. Me apoiei na janela e tentei alcançar o rodapé que ficava mais para baixo. Eu era baixa, então foi um pouco difícil, mas acabei conseguindo. Alcancei a outra janela, que dava para o porão, e me apoiei nela. Depois pulei meio metro até o chão.

Miles estava apoiado em uma das outras janelas que davam para a cozinha. Ele me viu e sorriu. Estava vestindo calça jeans e jaqueta de couro sobre uma camisa de flanela verde. Estava lindo. Eu não tinha pensado muito em que roupa vestir. Eu estava com uma jaqueta jeans sobre uma camiseta simples que tinha o símbolo de paz e amor, uma calça preta básica e all star roxo.

– Vamos? – eu disse quando ele chegou mais perto.

– Por que você me mandou esperar na janela? – Ele questionou com um meio sorriso que sempre tinha quando falava comigo. – E por que você *saiu* pela janela?

– Estou de castigo... – comecei.

– Você saiu escondida? – ele perguntou animado. Assenti com a cabeça, meio sem graça. – Como você é rebelde – ele disse com um ar de sério. Estranhei. – Eu gosto.

Começamos a andar pela rua e me perguntei se iríamos até o parque andando. Caminhamos até a rua de baixo e ele parou ao lado de um conversível azul, que estava com o teto fechado. Era um Chevrolet Malibu 1965, com os bancos de couro branco.

– Esse é Edward – Miles disse apontando para o carro.

– Edward? – perguntei rindo. – É o nome do carro? Desde quando carros têm nome?

– Edward – ele repetiu com um olhar diferente. Parecia que nem ele sabia o porquê do nome do carro. – Era o carro da minha mãe antes de... – ele se interrompeu.

– Bom – ele continuou saindo do assunto –, eu não sei por que ele tem esse nome. Minha tia me disse que esse é o nome dele, então o que custa chamá-lo assim, não é? – falou. – Entre.

Ele abriu a porta para que eu entrasse. Depois deu a volta no carro, entrou e deu a partida.

– E você tem carteira? – perguntei para substituir o silêncio que pairava no ar depois que ele tinha começado a dirigir.

Eu já tinha carteira, mas dirigia pouco. Apenas quando era realmente necessário, já que não tinha muita habilidade.

– Bom, já fiz os exames – falou.

– Mas você passou? – perguntei.

– Ainda não passei. Mas veja... – ele disse fazendo um gesto que apontava para o volante. – Tenho um carro e sei dirigir. Mês que vem farei o teste novamente.

Assenti e ele riu.

– Que tipo de música você gosta? – ele perguntou enquanto ligava o rádio.

– Quase todas – falei. Era verdade. Eu gostava muito de música, mas não tinha um gosto específico.

Ele apertou um botão aleatoriamente no rádio e esperou. A música não tocou de imediato, então também esperei.

De repente uma música começou. No início eu não sabia qual era, mas depois reconheci a letra. Era uma das músicas do momento. Era tão linda e gostosa de ouvir que dava vontade de dançar com alguém especial. Inclinei a cabeça para trás, encostando-me no banco, e fiquei ouvindo-a.

– Eu gosto dessa.

– Eu também – foi só o que eu disse. Pelo canto dos meus olhos eu o vi sorrindo e fazendo qued sim com a cabeça.

Não demorou muito para chegarmos ao parque. Miles deixou o carro do lado de fora do estacionamento. O parque estava lotado. As luzes da montanha-russa refletiam na jaqueta de Miles e no verde de seus olhos. Passamos pelo portão do parque e não sabíamos por onde começar.

Apesar de estar lotado, era um dos parques mais bonitos que eu já tinha visto. A roda-gigante era imensa e reluzente e dava para ouvir os gritos das pessoas desesperadas quando a montanha-russa dava a volta completa. O céu estava escuro e com poucas estrelas, mas a lua brilhava intensamente. Os casais de namorados se abraçavam quando saíam de um brinquedo e entravam em outro, as barracas de jogos tinham uma fila gigantesca, a todo instante as crianças passavam correndo e rindo com seus pais e irmãos. Tinha tanta coisa para fotografar que eu nem imaginava por onde começaríamos.

– Quer começar por onde? – perguntei olhando ao redor.

– Não faço a mínima ideia – ele disse coçando a cabeça.

Tiramos fotos de tudo. Das crianças que brincavam no carrossel, dos casais de namorados abraçados, das famílias felizes sentadas no restaurante, das pessoas que passavam mal depois que saíam dos brinquedos...

– Você está tirando fotos de mim? – perguntei a Miles quando vi que ele apontava a câmera na minha direção.

– Eu... Sim, estou tirando fotos de você – falou rindo.

– Então pare – eu disse sem qualquer expressão no rosto. – Não gosto muito de fotos.

– Não gosta de fotos? – ele me perguntou. – Você é a única pessoa bonita que conheço que não gosta de fotos.

Meu rosto corou e um meio sorriso se abriu em meu rosto. Ele tinha dito que eu era bonita. Tentei esconder minha alegria virando o corpo para o outro lado do parque e tirando mais algumas fotos que não teriam nenhum sentido nas mãos da Srta. Montezz. Abaixei a cabeça, olhei para meus tênis sujos e me senti ainda mais envergonhada por saber que Miles ainda me olhava e tirava fotos. Virei meu corpo em sua direção e meus olhos alcançaram os seus. Ele me olhava sorrindo e seguia cada movimento meu com a câmera. Cheguei mais perto, dei um tapa de leve em seu braço e gritei para que ele parasse de me filmar, tirar fotos, ou qualquer outra coisa que estivesse fazendo. Ele finalmente desligou e guardou a câmera.

– Eu queria tirar fotos do parque inteiro – Miles me disse uns minutos depois.

– Já estamos fazendo isso – falei, meio séria.

Eu estava com medo. Medo de ter alguma crise no meio do parque, pois não havia levado o salvador comigo, e medo de ser descoberta, afinal eu havia saído de casa escondida.

– Não. Eu não quis dizer isso – ele disse sorrindo, como sempre. – Eu quis dizer que quero tirar algumas fotos de cima do parque.

– E como faremos isso? – perguntei.

– Bom... – começou, coçando o queixo. – Podemos dar uma volta na roda-gigante e talvez...

– Então vamos – eu disse interrompendo-o.

Fomos até a roda-gigante e esperamos na fila por um tempo. Esperando na fila havia alguns casais, algumas crianças acompanhadas de seus pais e alguns grupos de adolescentes. Quando chegou a nossa vez, sentamos em uma cesta verde, a pedido do condutor do brinquedo, e esperamos.

De repente a roda começou a se mover. Comecei a tirar algumas fotos com o celular e vi, pelo canto dos olhos, que Miles fazia o mesmo. Eu queria descer e ir embora o mais depressa possível, mas não sabia o por quê.

Tiramos várias fotos diferentes. Na verdade, foi Miles quem tirou, porque eu sequer conseguia pensar direito. Eu não via a hora de voltar para casa e dormir. Não que eu estivesse cansada, mas eu estava com medo. Não sei por que estava com medo. Era algo tão comum. Eu conhecia tantas pessoas que saíam escondidos dos pais. Callie era um exemplo. Ela fazia isso desde os doze anos. Mas eu não. Eu era diferente. Eu praticamente pedia tudo para o meu pai.

Eu estava me sentindo mal. Sentia-me uma filha horrível. O que meu pai faria se entrasse no meu quarto e visse que eu não estava lá? Ele surtaria. O que aconteceria comigo?

Eu precisava ir embora daquele lugar o mais rápido possível. Não via a hora de a roda parar para que eu pudesse voltar para casa.

E então a roda parou. Mas, ao contrário do que eu queria, a roda parou no ponto mais alto do brinquedo. Esperei um pouco sem falar nada pois pensei que fizesse parte da temática ou sei lá o que, mas nada aconteceu. Continuávamos parados no mesmo lugar.

– O que aconteceu? – perguntei tentando não soar desesperada.

Miles não respondeu. Lá embaixo, um dos funcionários que ajudavam a conduzir o brinquedo pegou um megafone e disse:

– Por favor, pessoal. Acalmem-se. Acalmem-se. Tivemos alguns probleminhas técnicos. Nada com que vocês possam se preocupar. Nada de muito sério – ele falava gritando mesmo com o megafone quase entrando em sua boca. – Um de nossos técnicos já está resolvendo. Deve ser apenas uma válvula fora do lugar. Logo o brinquedo voltará a funcionar. Por ora, pedimos para que os senhores não se movimentem muito em suas cestas, aí em cima ou aqui embaixo. Resolveremos esse problema em menos de cinco minutos.

– Não estou acreditando nisso! – disse indignada. – Eu não tenho a noite toda. Eu... tenho que voltar logo pra casa.

– Calma, Ari – ele disse tentando me tranquilizar. – Eles disseram que não vai demorar. – Fiz que sim com a cabeça e tentei me recompor. – Enquanto isso podemos conversar.

– Conversar sobre? – comecei.

– Qualquer coisa – ele respondeu. – Hum, vamos ver... – Ele não terminou. Pensei que ele tivesse desistido quando me surpreendeu com uma pergunta: – Você tem namorado, Ariane? – me perguntou com um sorriso malicioso.

– Não penso muito nisso, não – eu disse. – Você tem? – perguntei quando vi que sua face havia mudado.

– Não – começou. – Ainda não. Ainda não tenho muitas escolhas.

– Então você não namora apenas porque não há muitas meninas correndo atrás de você? – eu disse indignada. Como ele ousaria?

– Não... Você não entendeu. Eu disse que... – começou mais uma vez, mas eu o interrompi:

– Sim, eu entendi muito bem. – Eu estava nervosa? Por que estaria nervosa? – Você não namora só porque quer que todas as meninas lutem por você. Odeio meninos que pensam assim. Você está estragando tudo, Benet. – Optei pelo seu sobrenome pois sempre que me intimavam me chamavam pelo meu sobrenome. Achei que daria certo. Pelo visto, não tinha dado. Ele ria sem parar.

Quando me calei ele começou a falar com calma mais uma vez.

– Posso me explicar, Sparks? – ele me perguntou fazendo o mesmo que eu tinha feito com ele. Fiz que sim com a cabeça olhando para as pessoas que andavam lá embaixo. Elas pareciam formigas. – Eu apenas não namoro porque nenhuma das meninas me interessou realmente.

– Ah!!! – comecei. – Você é gay. – Ele arregalou os olhos e corou, começou a tossir e a negar com a cabeça. Comecei a gargalhar. – Estou brincando, Benet. – E, enfim, ele soltou o ar rindo também.

– Às vezes penso que você é bipolar, Ariane – ele disse. – Um minuto triste, no outro feliz, no outro deprimente e de repente começa a fazer piadas? – gargalhou.

– Meu pai sempre me fala isso – falei. – Falando nisso... Você sabe que eu tenho uma doença terminal e que sou bipolar, mas eu não sei absolutamente nada sobre você.

– E o que você quer saber? – ele me perguntou.

Por um momento esqueci que estávamos presos a sessenta metros do chão. Isso não era muito bom para uma pessoa que tinha medo de altura, como eu.

– Qualquer coisa. – Tentei pensar em alguma pergunta. – Me fale dos seus pais. – Percebi que seus olhos brilharam por um instante mas logo se apagaram novamente.

– Meus pais – ele repetiu. – Eu nunca conheci meu pai. Segundo o que minha mãe me contava, ele nos abandonou quando eu nasci. E minha mãe morreu faz sete anos.

Eu me senti horrível por ter escolhido aquele assunto, mas ele pareceu não se incomodar muito. Sentia uma tristeza distante vindo dele, mas parecia que ele estava tentando esconder o máximo que podia.

– Depois que ela morreu eu fui morar com minha tia em Indiana. Há alguns meses ela teve vontade de voltar e cá estamos nós – ele disse esboçando um sorriso. – E seus pais?

– Eu não vejo minha mãe faz, pelo menos, uns cinco anos. Ela deixou meu pai para morar com o Freddie. Nem me pergunte o seu sobrenome porque eu não sei – falei sorrindo para não deixar transparecer a tristeza que eu tinha quando falava dela. – Ela mora em Los Angeles agora – suspirei – e eu moro com meu pai e minha irmã. Nada de muito especial, mas o amo, ele sempre esteve comigo. – Parei de falar por um segundo para respirar e para não parecer muito desesperada, como eu sempre parecia.

– Irmã? Aquela menininha que foi te buscar na escola dias atrás? – ele me perguntou.

– Isso mesmo. A Becky, uma menininha incrível de nove anos. E tenho o Matt, um cara meio estranho que mora um pouco longe daqui. Mas ele não nos vê muito porque é casado e tem filhos. – Sorri ao falar dos meus irmãos.

– Eu sempre quis ter irmãos – ele comentou.

– Às vezes eles irritam. Principalmente os mais novos. – Rimos.

– E o que você gosta de fazer? – ele perguntou saindo do assunto e me deixando um tanto satisfeita.

– Faço tudo o que me convém – disse rindo, e quando percebi que ele não tinha entendido terminei: – Eu faço de tudo um pouco.

– Tipo?

– Gosto de ler, de falar com meus amigos, de comer principalmente. – Ele riu. – Gosto de tudo. E eu queria viver mais e aproveitar mais da vida para fazer isso e muito mais pra sempre. – Me arrependi de ter falado aquilo. Seria um novo começo para ele me perguntar mais sobre minha doença.

– Qual seu livro favorito? – ele perguntou, desviando do assunto, para minha sorte.

– Bom... eu não tenho um favorito, porque todos são perfeitos. – Ele riu. – Mas tenho um que é especial. Quando eu era criança minha mãe lia um livro que era muito bom. Eu sempre perguntava para ela sobre o que era e o que falava e ela sempre respondia que era apenas um livro bom como todos os outros. Mas eu sabia que não era apenas isso. Sempre quis ler ele, mas nunca tive a oportunidade. Ela foi embora e... – Não terminei. – Bom, alguns dias atrás fui em uma livraria procurar por ele e me falaram que tinha saído de linha. Nunca mais irão vendê-lo – disse com um ar triste mas logo abri o sorriso de novo.

– E como se chama esse livro? – ele perguntou com interesse.

– *Sussurros e Murmúrios* – disse com vergonha. – Eles não vendem mais. Mas é incrível. Conta a história de um menino adotado que tenta procurar pela mãe em outro país apenas com as pistas que recebe, ao longo da história, de um homem estranho chamado Juan. Pode parecer estranho, mas não é. É sublime e contagiante.

– E ele encontra a mãe dele? – perguntou.

– Não sei – eu disse. – Nunca terminei de lê-lo.

– Mas então você o começou.

– Quando aprendi a ler, consegui ler uma parte, mas não terminei a tempo. Ela foi embora antes que eu terminasse – revelei.

Miles estava pronto para fazer alguma outra pergunta que não nos levaria a lugar nenhum quando a cesta balançou. Dei um gritinho de susto. Ele me olhou e riu mais uma vez segurando meu braço para me equilibrar novamente. Corei e de repente começamos a descer. Eu escutava as pessoas reclamando:

– Até que enfim.

– Nunca mais volto nesse brinquedo.

– Vou escrever uma carta com palavras bem feias para o gerente desse parque.

Miles e eu rimos e esperamos. Quando descemos do brinquedo, quis deitar no chão e gritar de tanta felicidade, mas eu não faria isso perto de Miles.

E, de repente, notei que aquilo tudo, todas as coisas erradas que eu fazia eram prejudiciais ao meu coração. Mas eu não ligava... *Tudo que me mata me faz sentir mas viva,* pensei.

8

Acordei assustada com as batidas na porta do meu quarto.

– Vamos, Ariane – Becky gritava do lado de fora. – Abra logo essa porta!

Notei que ainda estava vestida com as roupas da noite anterior. Tirei a jaqueta e os sapatos depressa e os joguei embaixo da cama.

Andei cambaleando até a porta e a abri. Becky estava com um vestido vermelho que a deixava linda.

– O que foi? – perguntei.

– Papai mandou eu te acordar – ela disse.

– Pelo amor de Deus – eu disse coçando a cabeça. – Hoje é sábado. Tenho o direito de dormir.

– São duas horas da tarde, Ariane – ela falou rindo de mim. – Achamos que você estivesse morta.

– Estou viva – disse curta e grossa enquanto fechava a porta.

Becky colocou seu pé na porta e me impediu de fechá-la.

– Papai quer conversar com você – ela disse se virando e descendo as escadas.

Será que ele tinha desconfiado que eu saíra na noite anterior? Se sim, o que eu faria? Estava com medo. Medo de ficar ainda mais dias de castigos.

Vesti a calça do meu pijama e desci as escadas correndo. A cozinha inteira cheirava a macarrão com queijo, minha comida favorita. Meu estômago roncou.

– Tenho uma proposta pra você – meu pai me disse quando passei pela porta. Levei um susto. – Diminuo seu castigo se você me prometer uma coisa – falou colocando a travessa com o macarrão na mesa.

– O que tenho que fazer? – perguntei animada.

– Você tem que me prometer que nunca mais esquecerá o salvador em casa – ele disse com uma voz rouca. – E se acontecesse alguma coisa no parque? O que você faria?

– Provavelmente eu morreria – disse rindo, mas parei depois que notei sua cara de bravo. – Pai, não o esqueci. Eu o deixei aqui em casa porque não gosto de levá-lo para todos os lugares. O senhor sabe que não gosto que as pessoas saibam da Coronariana.

– Você o deixou de propósito? – ele gritou.

– Ah! – bufei. – Agora, em vez de diminuir meu castigo, irá aumentá-lo, certo? – disse com uma voz murcha.

– Não! – ele exclamou. – Não vou aumentá-lo. – Me animei mais uma vez. – Vou retirar seu castigo.

– Mas... – comecei. Achei melhor não continuar ou ele poderia mudar de ideia.

– Você nunca mais deixará o salvador aqui em casa – exclamou. – Nunca.

– Tudo bem – disse baixo, olhando para minha camiseta.

Tinha uma mancha de chocolate nela. Quando Miles estava me filmando eu me assustei e deixei a barra de chocolate cair em minha camisa. Coloquei os braços por cima da barriga, tampando a mancha, me virei e subi as escadas dizendo que tomaria um banho e logo voltaria para almoçar.

Entrei em meu quarto e acendi a luz. Abri as janelas e deixei o vento entrar para arejar o ambiente. Agachei para pegar minha jaqueta e o tênis que estava debaixo da cama. Quando levantei senti de novo as pontadas.

Aquelas pontadas mais pareciam explosões dentro do meu coração. Sentei-me na ponta da cama e me curvei para frente ficando com o rosto perto dos joelhos.

Aquilo era quase insuportável. Eu precisava do salvador. Ele estava a dois metros de distância de mim. Estava na minha prateleira de livros. Eu me sentei de novo e, com muito esforço, o alcancei.

Em alguns minutos eu não sentia mais nada. Às vezes parecia tão fácil, mas às vezes parecia tão difícil e doloroso. Aquelas crises estavam ocorrendo com mais frequência, o que me dava muito medo. Tomei um banho pensando nisso e decidi que ligaria para o Dr. Smith naquele mesmo dia para perguntar o que estava acontecendo.

Desci as escadas e almocei. Meu pai não cozinhava tão bem quanto minha mãe, mas aquele macarrão com queijo estava divino. Quando eu era menor, perguntei a ele se me ensinaria a fazer aquela receita, eu queria muito aprender. Ele me ensinou, mas, sempre que eu fazia, meu macarrão não ficava tão bom quanto o dele.

Depois de comer subi as escadas e voltei para o quarto para ligar para o Dr. Smith. Peguei seu número em minha agenda e liguei. Ele não atendeu. Mas não desisti. Liguei mais uma vez. Demorou um pouco para alguém atender.

– Consultório Smith – uma atendente falou com uma voz estranha.

– Olá, sou Ariane Sparks, gostaria de falar com o Dr. Smith – falei baixo para que meu pai não ouvisse.

– Ele está em reunião – ela disse. – É muito sério?

– Bom, eu não sei. Gostaria de saber – falei.

– Você é uma paciente? – perguntou.

– Sim – respondi envergonhada.

– É muito sério? – perguntou mais uma vez com indelicadeza.

– Acho que sim, senhora.

– Por favor, me chame de Annabely – lembrou. – Não seria melhor marcarmos uma consulta com o doutor?

– Não – falei rápido. – Não há necessidade.

– Mas você... – Annabely começou. – Vamos marcar. Pode ser algo sério.

– Tudo bem – cedi. Não seria nada de mais mesmo. Eu só não precisava contar ao meu pai.

– Temos horário amanhã às duas da tarde – ela disse. – Tudo bem pra você?

– Sim, sim – falei. – Estarei ai.

– Até logo – Annabely se despediu e eu desliguei.

Calcei meus tênis e corri para a porta. Peguei minha jaqueta jeans e a vesti enquanto abria a porta da frente para sair.

– Aonde você vai? – Ouvi meu pai dizer.

– Vou encontrar Callie.

– Onde está o salvador? – perguntou.

– No meu bolso – disse batendo de leve com as mãos no bolso de trás da calça.

Era verdade. Eu estava com o salvador. Mas só porque estava com medo de me ocorrer mais uma crise. Elas doíam, eu não queria sofrer mais, nem que fossem alguns segundos. Não queria.

Tirei do bolso a bombinha, que eu chamava de salvador, e mostrei ao meu pai. Ele assentiu e se virou na cadeira para encarar o computador mais uma vez.

Bati a porta e entrei no carro.

A mãe de Callie abriu a porta com um sorriso largo em seu rosto, como sempre fazia.

– Ariane, como você está adorável hoje. – Ela me cumprimentou abrindo os braços e me dando um abraço caloroso.

– Oi, Srta. White – eu disse com a voz abafada por ainda estar envolvida em seus braços.

– Ah! Vamos – começou. – Conheço você desde que nasceu, querida. Me chame pelo meu nome de solteira. Você sabe que já não sou mais casada.

Era verdade. A Srta. White ou Daphne, como ela preferia, tinha se divorciado fazia tempo. Callie tinha treze anos na época e sofreu muito. Lembro-me que tentei animá-la, mas parecia que nada no mundo poderia deixá-la mais alegre. Com o tempo ela foi se acostumando, mas só eu sei o que ela passou. A saudade que sente de seu pai e a falta que ele faz em sua vida.

Depois que os pais de Callie se divorciaram, Daphne continuou em Nova Iorque e o Sr. White se mudou para Chicago. Talvez por isso Callie e eu fôssemos tão próximas. Nossas famílias se pareciam. Uma não tinha a mãe presente e a outra não tinha o pai.

– As meninas estão lá em cima – Daphne alertou apontando o dedo indicador para o andar de cima.

– As meninas? – perguntei. – Tipo, no plural? – disse rindo para tentar afastar a cara de incerteza. – Pensei que seríamos só eu e Callie esta tarde.

– Natallie também veio – falou, andando em direção à cozinha. – Suba e avise que daqui a pouco levo um lanche.

Fiz que sim com a cabeça e comecei a subir as escadas devagar enquanto pensava no porquê de Natallie estar na casa de Callie. Elas mal se falavam, não conseguia imaginar o que fariam juntas. Afastei esse pensamento e levei um susto quando abri a porta do quarto.

Natallie estava com a cabeça apoiada no colo de Callie, que estava sentada na ponta da cama. Natallie estava com o rosto vermelho e inchado, marcado por algumas lágrimas. Callie tinha uma afeição um tanto estranha enquanto passava as mãos nas costas de Natallie.

– Ariane! – Callie gritou com uma voz assustada a me ver.

– Meu Deus, o que aconteceu com Natallie? Por que está chorando? – Tentei soar preocupada enquanto me sentava ao lado de Callie e olhava para Natallie.

Nenhuma das duas respondeu. Só escutávamos os gritos de Natallie. Esperei até que ela se acalmasse e voltei a perguntar:

– Podem me falar o que há de errado?

– E-Eu... – gaguejou Natallie. – Sou adotada!! – berrou em meio às lágrimas.

– Adotada? – perguntei boquiaberta.

– Os pais dela disseram hoje de manhã – Callie explicou.

– Mas... – Não consegui terminar.

De repente senti pena de Natallie. Não por ela ser adotada, porque de certo ponto de vista isso pode ser bom, senti pena por ela descobrir de uma hora para outra. Pena por seus pais esconderem isso dela. Os pais de Natallie a fizeram acreditar que eram os pais biológicos. Senti-me mal por ela.

E então, sem eu perceber, toda a raiva que eu tinha de não quebrar sumiu. Sem perceber, esqueci de todas as vezes que ela tinha me prejudicado, tanto na escola quanto fora dela. Esqueci da vez em que tirei nota máxima na prova de filosofia e ela grudou um chiclete em meu cabelo por estar com inveja. Esqueci das vezes que ela tinha falado coisas falsas a meu respeito. Esqueci de todas as vezes que ela me magoou e de todas as vezes que fiquei triste por sua causa.

Sem notar, sem perceber, sem pensar, coloquei minha mão em seu ombro para tentar acalmá-la. Ela chorou por mais alguns minutos e depois tentou se conter. Limpou as lágrimas em sua camiseta e respirou fundo como Callie tinha mandado.

– Eles disseram que não aguentavam mais esconder isso de mim e que uma hora ou outra eu saberia – ela disse. – Foi melhor assim, eu acho.

– Você não pode ficar brava com eles por isso – Callie começou. – Eles só querem o seu bem.

– Eu sei, eu sei – Natallie disse secando outras lágrimas que caíram. – Eu só fui pega de surpresa.

Eu não sabia o que falar. O que se fala a uma pessoa que acaba de descobrir que é adotada?

– Sinto muito – falei meio sem graça por não saber o que dizer.

– Obrigada – ela agradeceu com sinceridade.

Callie e eu nos entreolhamos e assentimos.

– Sabe, sinto muito por tudo que já fiz com vocês – Natallie falou com a voz meio embaralhada. – Eu sei que sempre fiz coisas horríveis. E veja... – disse com um meio sorriso no rosto. – São vocês que estão comigo nesse momento difícil.

– Imagina, amada – mentiu Callie.

9

O consultório em si não era mais tão assustador como antigamente. Era um lugar bastante iluminado com luzes fluorescentes que davam a impressão de um lugar limpo e organizado.

Eu estava sentada em uma das poltronas amarelas da sala de espera fingindo ler um daqueles folhetos que ajudam a prevenir uma doença cardíaca. Perdi a conta de quantas vezes já tinha lido aquele mesmo antes. E todas as vezes que meu pai me levava a uma consulta.

Meu pai sempre havia me levado a todas as consultas com o Dr. Smith. Porém, desta vez ele não sabia que haveria uma consulta. Em toda minha vida eu nunca tinha marcado uma consulta antes. Meu pai sempre me obrigava a ir.

Decidi não contar a ele que tinha marcado uma consulta porque não queria que ele se preocupasse à toa. As dores tinham piorado e eu imaginava que, no máximo, aumentariam a dosagem de remédios. Eu não estava com medo. Eu sabia que não seria nada de mais.

Annabely, a secretária que havia me atendido no dia anterior, me olhava uma vez ou outra sorrateiramente e toda vez que eu a olhava, ela tentava disfarçar com um aceno de mão e depois voltava para seus trabalhos.

– Sparks – Annabely chamou. – Ariane Sparks.

– Sim? – perguntei.

– O Dr. Smith está pronto para vê-la agora.

– Obrigada.

Levantei-me e segui em direção a uma porta branca gigantesca que tinha uma pequena placa confirmando que aquela era a sala do Dr. Smith.

– Ariane... – ele me chamou com uma voz carinhosa quando abri a porta. – Entre. Sente-se.

– Obrigada – disse envergonhada.

– Onde está seu pai? – ele perguntou.

– Vim sozinha – afirmei.

– Sozinha? – perguntou assustado. – Você nunca veio sozinha antes.

– Já estou bem grandinha, não preciso mais da companhia do meu pai, não acha? – disse com um sorriso falso no rosto.

– Claro – falou desconfiado.

Desde que descobrimos minha doença, a tratamos apenas com o Dr. Smith. Sempre na mesma sala. Sempre com as mesmas perguntas. Sempre a mesma coisa. Sempre. Sempre. Sempre. Não queria continuar no velho, no antigo. Não queria o básico, não queria o normal. Eu queria mudar e acho que estava mudando. Antigamente eu não sairia escondida do meu pai para ir a um parque de diversões com Miles. Eu não marcaria uma consulta sozinha. Eu não mentiria. Não quebraria as regras.

Por mais que aquilo fosse diferente e eu estivesse com um pouco de medo, eu tinha gostado. Aquilo era novo. Eu gostava do novo.

– E qual o motivo de sua visita? – me perguntou finalmente.

– Você tem que aumentar minha dosagem – falei rápido.

– Como assim?

– Ah! – exclamei. – Você sabe, antigamente as dores aconteciam, mas não eram tão fortes e demoravam para ocorrer. Mas agora...

– Estão mais fortes? – perguntou.

– Sim. E agora com mais frequência.

Ele me olhou com um olhar de tristeza e disse:

– Teremos que fazer alguns exames.

– Pensei que só precisaríamos de uma dosagem maior...

– Deve ser alguma coisa do tipo – ele disse com um olhar pensativo.

– Quando podemos fazer esses exames? – perguntei.

– Hoje mesmo – começou. – Vou informar Annabely e ela cuidará de tudo. Depois que você os fizer, conversaremos.

Assenti em um sorriso sem graça, levantei e saí. Pedi a Annabely que providenciasse tudo para que eu pudesse fazer os exames o mais rápido possível.

Na mesma hora ela me encaminhou a uma sala clara com cinco cadeiras acolchoadas e alguns encostos para braços que eram utilizados em exames de sangue. Sentei-me em uma das poltronas amarelas e esperei a enfermeira.

– Ariane Sparks. – Uma enfermeira morena de pele clara leu em meu prontuário.

– Sim?

– Vamos lá. Sente-se aqui – ela disse batendo duas vezes no acolchoado de uma das cadeiras.

Sentei-me em silêncio enquanto ela trazia para perto um dos encostos. Segurei o ar quando a agulha entrou em minha veia. Não doeu. O sangue descia rápido em direção ao recipiente que ficava colado à agulha.

Depois dos exames de sangue, a mesma enfermeira morena me encaminhou a outra sala que também era clara, mas tinha alguns equipamentos e máquinas maiores.

Um enfermeiro com sardas pediu que eu me deitasse em uma das macas. Ele ligou fios, alguns vermelhos e outros pretos, em várias partes do meu peito. Os fios simulavam as batidas do meu coração e faziam com que elas aparecessem em gráficos em uma pequena tela preta ao lado da maca.

Depois me levaram para outra sala, que se parecia muito com a anterior, e pediram que eu esperasse. Uma médica ruiva entrou e me mandou deitar na maca. Ela disse que faria um exame chamado ecocardiograma e que não doeria.

Durou mais tempo do que os outros exames. Parecia mais um ultrassom do que um exame cardíaco. Nunca tinha feito esse exame antes. O fato é que realmente não doeu e eu a agradeci por isso.

O tempo todo ela olhava para o monitor e fazia uma cara de preocupação, mas não falava nada. Até que eu não aguentei mais de ansiedade.

– O que tem de errado?

Ela não respondeu. Apena olhou para mim e balançou a cabeça negando algo.

– Você parece preocupada. O que tem de errado comigo? – insisti.

Ela hesitou por um segundo e finalmente falou:

– Não tenho autorização para contar. Mas posso lhe informar que não é bom.

No monitor, minhas batidas cardíacas aceleraram o ritmo. Tentei me acalmar, mas não consegui. O que será que estava acontecendo? Era algo tão importante assim para ela não poder me dizer?

Eu estava lendo mais uma vez um daqueles panfletos na sala de espera. Sentei em uma poltrona perto da mesa de Annabely. Depois de todos os exames que fiz, me mandaram esperar. Logo o Dr. Smith me chamaria novamente e diria o resultado.

Um dos pontos fortes do *Consultório Smith* era que os exames ficavam prontos no mesmo dia e o Dr. Smith já conversava com o paciente depois de receber o prontuário.

Já passava das cinco da tarde e talvez meu pai estivesse preocupado. Ele não ficaria nada bem se descobrisse que eu tinha ido ao Consultório sem sua presença.

– Sparks – Annabely chamou. – O Dr. Smith está te aguardando em sua sala. Você já sabe o caminho.

Entrei naquela sala clara mais uma vez e a face do Dr. Smith não me parecia uma das melhores. Ele olhava em papéis e pastas espalhados pela mesa e uma vez ou outra via algo no computador.

– Ah! – exclamou quando me viu parada na porta. – Entre, Ariane.

Entrei e sentei-me na mesma cadeira de antes.

– Eu preferiria que seu pai estivesse aqui – começou ele.

– Ele não pôde vir hoje – falei. – Já tem os resultados dos meus exames?

– Sim. Já tenho – ele disse apontando para os papéis espalhados em sua mesa sinalizando que meus exames, na verdade, eram aqueles que ele tanto olhava.

– Bom, Ariane. As notícias não são tão boas quanto esperávamos – ele disse coçando o queixo.

– Como assim? – questionei.

– Eu realmente gostaria muito que seu pai estivesse aqui – repetiu ele.

– Mas ele não está. O que está acontecendo? – comecei a ficar irada.

– Você tem dois meses. – Foi só o que ele disse.

Dois meses. Dois meses. Dois meses. Aquelas palavras se repetiam em minha mente. Dois meses. Dois meses.

– Dois meses pra quê? – perguntei torcendo para que minhas hipóteses estivessem erradas.

– Você terá que passar por um transplante – ele disse com um ar triste.

– Transplante – cuspi a palavra, perplexa.

– Mas não se preocupe – começou. – Arrumaremos um doador, uma pessoa compatível com você e, quando isso acontecer, sua cirurgia não demorará e você estará nova em folha. Eu só preciso que você busque por... – ele continuou a falar mas não ouvi mais nada.

Meus pensamentos se elevaram a um nível diferente. Eu morreria? E se não achasse um doador? O que aconteceria comigo?

– Ariane, você está me ouvindo? – perguntou o médico.

Assenti, muda.

– Olha, eu sei que é difícil. Por isso eu preferiria que seu pai estivesse presente. Você optou em tomar essa decisão – ele disse com uma voz gentil.

As lágrimas queimavam meus olhos, mas não deixei que escapassem.

– Eu quero que você seja forte – ele disse. – Muitas pessoas passam por um momento como esse.

– Quantas delas estão vivas? – perguntei com arrogância.

– As que estão vivas são as de que permaneceram corajosas e seguras que, um dia, sairiam bem desse caos.

Caos. Era essa a palavra. Eu sentia que estava dentro de um caos.

– Temos que passar por momentos difíceis para depois encontrarmos os momentos fáceis – ele disse com convicção. – Primeiro vem a chuva e depois o arco-íris. Se acostume, pois a ordem é essa.

Pisquei para afastar as lágrimas, respirei fundo e disse:

– O que tenho que fazer?

– Essa é uma atitude de uma pessoa corajosa – exclamou com um sorriso torto. – Estamos correndo atrás de um coração para você. Primeiramente, você deve contar a seu pai, para que ele fique a par das notícias.

Contar ao meu pai. O que ele faria? Primeiro ele ficaria furioso por eu ter ido sozinha ao consultório e depois ficaria chocado com a notícia.

– Você deve contar a ele com calma para não assustá-lo – ele disse e eu assenti. – Depois disso, eu e meus parceiros ajudaremos vocês todos a passar por esse momento.

Um momento horrível por sinal, pensei.

– Não se preocupe, Ariane, você vai conseguir.

Depois que o Dr. Smith me disse todos os exames extras que eu deveria fazer, todos os remédios que eu precisava tomar e todo aquele negócio de alimentação saudável, eu saí do consultório e fui direto para o carro.

O que me restava era um coração novo. Eu deveria passar por um transplante, caso contrário, provavelmente, morreria em dois meses.

A vida pode nos derrubar, mas somos nós quem escolhemos se devemos seguir em frente ou não.

Escolhi seguir em frente.

10

Decidi não contar nada. Não conseguia nem imaginar como reagiriam a essa notícia. Talvez chorassem, talvez ficassem bravos, ou quem sabe não tivessem reação alguma pois já esperavam esse momento. Mas a questão é que eu não sabia o que aconteceria, então decidi guardar aquilo só para mim por um tempo.

Era segunda-feira e, como sempre, fui para escola. Foi uma aula normal e, sinceramente, eu achava que nada de mais aconteceria naquele dia.

Sentei-me em minha mesa e fiquei quieta "prestando atenção" na professora, que não parava de falar nem por um segundo. Meus pensamentos iam e vinham. Não importava o quanto me esforçasse para parar de pensar no transplante, eu sempre acabava voltando naquela ideia.

Eu era a única pessoa que sabia do transplante, sendo assim, Callie nem imaginava.

– Você me deixou sozinha com aquela louca sábado – ela disse virando-se para mim quando a professora se virou para corrigir algo na lousa.

– Que louca? – perguntei.

– Natallie – ela começou. – Você me deixou sozinha com ela.

– Desculpa. Mas ainda estou de castigo – menti.

– Ela ficou mais duas horas chorando no meu colo como se eu fosse sua melhor amiga – Callie sussurrava alto.

– Talvez ela tenha mudado – falei.

– O quê? Natallie nunca mudará – exclamou. – Você não se lembra de tudo o que ela já te fez? Daquela vez que ficamos quatro horas tentando tirar os chicletes do seu cabelo? Não se lembra disso, amada?

Ri um pouco lembrando da cena. Callie e eu nos trancamos no banheiro da minha casa e ficamos horas tentando desgrudar os chicletes. Não conseguimos. No outro dia, na escola, apareci com o cabelo curto.

– Foi horrível – lembrei. – Mas talvez ela tenha mudado.

Tudo estava tão sereno naquele dia. Os professores não pareciam irritados, as pessoas riam. Parecia que apenas eu estava naquela angústia. Se eu contasse a Callie ela ficaria triste também. Mas achei que seria muito egoísmo da minha parte estragar a felicidade alheia só para que ficassem tristes por mim. Não, eu não faria aquilo. Eu ainda guardaria aquele segredo apenas para mim por um tempo.

Quando a aula terminou, corri para o meu armário e peguei meus pertences para voltar para casa. Fechei a pequena porta do armário e lá estava Miles olhando para mim com aquele mesmo sorriso torto de sempre.

Levei um susto e ele caiu na gargalhada.

– Você se assusta muito fácil, Ariane – ele disse estalando os dedos.

– Você está me seguindo? – perguntei séria.

– Talvez você esteja em meu caminho – falou sorrindo. Corei.

– Bom... – comecei envergonhada. – Você estava atrás da porta e...

– Tudo bem, não sou um maníaco que persegue as pessoas. – Senti-me uma tonta. – Estava te observando de perto.

– Ah! – comecei a rir. – Isso fez muita diferença.

– *Bonjour*, Miles. – Era Callie.

Fazia um ou dois meses que Callie tinha começado a frequentar as aulas de francês. Ela simplesmente achava essa língua magnífica. Desde então, ela sempre falava uma ou duas palavras em francês quando lembrava de usá-las.

Miles fez uma cara de confuso e sorriu.

– Não sou tão bom assim em francês.

– Não se preocupe, *cher* – ela disse olhando uma vez ou outra para mim e rindo. – Eu também não era tão boa antes. Aprendi tudo que sei com a Ari – mentiu ela.

Comigo? Fiz uma cara de confusa, mas ignorei.

– Com a Ariane? Sério? – Miles parecia impressionado.

– Claro, *monsieur* – Callie disse batendo palmas. – Acho que você poderia fazer algumas aulas com ela.

– Eu adoraria – ele disse.

– Espera. O quê? – perguntei quando vi que a conversa tinha tomado outro rumo.

– Você está livre amanhã à noite? – Callie perguntou a Miles.

Miles começou a rir e assentiu.

– O único problema é que eu não sei... – comecei, mas Callie tapou minha boca com suas mãos em um movimento rápido.

– Amanhã à noite, Miles – disse Callie, incentivando-o a ir embora. – *Au Revoir!*

– Eu não falo francês, Callie! – gritei quando Miles virou e saiu andando pelo corredor.

– Vocês não vão estudar francês, *chéri* – ela disse segurando em minhas mãos e me olhando com um olhar malicioso. – Com certeza Miles pensará em algo mais interessante para vocês fazerem.

– Callie, quantas vezes vou ter que repetir que não quero namorar? – alertei.

– Até eu encontrar algo melhor para fazer – ela disse rindo.

– Será que vou ter que contar para você a mesma história que conto para Becky? – comecei.

– Não! – Seu olhar mudou. – *Pour l'amour de Dieu,* não! Aquela história de novo, não. Já me cansei dela.

– E ainda não a aprendeu? – questionei.

– Sério. Qual é seu problema, Ariane? – ela disse brava. – Você leva como lição de vida uma história que leu em um livro há mais de cinco anos?

– *Oui, dame* – eu disse em francês para provocá-la.

– "E quando ele chegou no castelo, a princesa já estava longe dali. Cansada de esperar na torre, ela mesma amarrou o dragão, saltou a ponte quebrada e enfrentou a floresta escura. Não precisou do cavalo branco nem da espada. Decidiu escolher em vez de ser escolhida. E agora não precisava do plural para escrever seu feliz para sempre..." E blá-blá-blá... e mais blá-blá – Callie repetiu a história para mostrar que ainda se lembrava dela. Ela usou uma voz aguda como de uma criança emburrada.

– *Trés bien* – falei em francês, começando a andar.

– Você pensa que escapou de mim com essa historinha de escrever seu próprio feliz para sempre? – indagou Callie.

Assenti sorrindo.

– Pelo contrário – ela começou. – Miles ainda estudará francês amanhã à noite com você, *bien-aimé.*

Não respondi.

– Vamos. Tenho que encontrar Harry antes de voltar para casa – ela disse lembrando de seu encontro com o namorado.

Cheguei em casa e corri para o meu quarto. Quando eu era menor, minha mãe me colocou em um curso de francês porque eu vivia falando que queria ser uma estilista francesa. Quando ela foi para Los Angeles não pensei mais nas revistas da *Vogue*, nem em moda, nem em Paris e nem em francês. Ela levou meu sonho junto com ela.

O caso era que eu ainda tinha todas as apostilas de francês. Então as juntei em cima da minha cama e comecei a ler.

Já que não teria como impedir que Miles fosse à minha casa, eu não faria feio. Peguei meu fone de ouvido e me deixei levar pela música e pela leitura em francês.

Podia parecer estranho, mas eu amava música clássica. As pessoas da minha idade gostavam de outros estilos de música. Músicas mais agitadas. Eu também gostava, mas eu tinha uma atração diferente pela música clássica. Era tão profunda e inspiradora. Não que eu fosse uma pessoa muito profunda e inspirada, mas eu gostava de sentir o que a música podia fazer comigo.

Fiquei um bom tempo lendo e decorando frases. Não sei por que me dediquei tanto. Era apenas o Miles. Apenas Miles Benet.

– Ariane, amanhã à noite minha amiga virá jantar aqui – meu pai disse quando entrou no quarto.

Tirei os fones e hesitei em responder por um segundo.

Eu estava escondendo tantas coisas dele. Escondendo as notícias sobre meu coração. Se eu não sobrevivesse meu pai ficaria sozinho com Becky.

Eu não aprovava quase nenhuma de suas amigas, mas não queria que ele ficasse sozinho se, por um acaso, algo me acontecesse.

– *Trés bien* – falei em francês para melhorar minha dicção.

– O quê? – ele perguntou confuso.

– Tudo bem, pai – falei. – Estou estudando.

– Francês? – ele perguntou com uma cara estranha.

– *Oui* – falei rindo. – *Sil vous plaît* feche a porta quando sair.

Ele deu de ombros sorrindo, talvez por pensar que eu estivesse de bom humor, e fechou a porta.

11

– Papai – gritou Becky do meu quarto –, que horas Hillary chegará?

– Dezenove e trinta, Becky – ele gritou de volta do quarto dele. – Ainda temos bastante tempo.

Becky sorriu e olhou para mim.

– Quero tanto conhecer essa Hillary – ela dizia animada. – Papai me mostrou uma foto e ela é tão lindaaaaa.

– Imagino que seja – eu disse gentilmente.

Eu não tinha visto nenhuma foto. Por que meu pai não tinha me mostrado? Será que ele pensava que eu enlouqueceria? Bom, seria muito provável.

Fiquei a maior parte do dia com Becky. No final da tarde fomos ao Central Park e me lembrei da vez em que tinha ido com Miles. Apesar de ter sido apenas um trabalho, algo me dizia que não se tratava apenas disso.

Chegamos em casa e ouvimos vozes vindas da cozinha.

– Ah, meu Deus! – Becky gritou ao meu lado. – Deve ser Hillary.

Ela correu na minha frente e entrou na cozinha. Andei devagar até lá e me deparei com uma mulher baixa, ruiva, vestida em um cardigã verde e uma saia florida rodada. Era bonita. Meu pai colocava os pratos na mesa enquanto ela observava algo dentro do forno.

– Está quase pronto, Josh – ela disse ao meu pai enquanto se virava para ele.

Eu estava parada na porta da cozinha observando-os. Becky abraçou Hillary e finalmente vi seu rosto. Ela era muito branca e tinha olhos azuis. Sempre achei perfeita a combinação de cabelos ruivos e olhos azuis.

Ela era linda.

– Sou Hillary – ela se apresentou, quando me viu, com um abraço apertado. – Você deve ser Ariane, certo?

Assenti sorrindo. Só estava esperando ela mostrar suas verdadeiras vontades, sua verdadeira face, como todas as outras "amigas" de meu pai. Por enquanto ela estava sendo adorável, mas todas as outras também foram no começo.

– Como você é linda – ela disse olhando-me com atenção. Corei.

– Obrigada – falei, me segurando para não responder em francês. Eu estava tão concentrada nos estudos que acabava respondendo tudo em francês sem reparar.

– Ah, meu Deus! – exclamei.

– O que foi? – meu pai perguntou.

– Miles – eu disse. – Esqueci de avisar que hoje meu amigo virá estudar francês comigo.

– Miles – meu pai repetiu. – O mesmo Miles que te levou ao Central Park?

– Fomos ao Central Park hoje, papai – Becky o interrompeu.

– Sim, eu sei, querida – ele disse sorrindo para ela.

– Sim, o mesmo Miles – falei.

– O mesmo Miles que te leva a lugares e nem te lembra de levar os remédios de emergência?

– Sim, o mesmo Miles – falei novamente.

– O mesmo Miles que... – ele começou.

Hillary segurou em um dos seus braços e lhe deu um sorriso gracioso.

– Josh, é apenas um amigo, não é, Ari? – ela perguntou sorrindo. Assenti – Que mal faz eles estudarem francês? Eu amo francês!

Ela estava me ajudando? Provavelmente tentando me conquistar.

– Tudo bem – meu pai cedeu, olhando-a com o mesmo sorriso gracioso que ela tinha lhe dado.

Sorri e subi as escadas.

Guardei os materiais de francês no armário mais próximo e tentei deixar o mais fácil possível de alcançá-los.

A campainha tocou e eu soube que era Miles. Desci as escadas correndo.

– Oi, Sparks – Miles disse sorrindo no exato momento em que abri a porta.

– Ah, não começa com esses sobrenomes – disse em um sorriso largo.

Sorriso largo. Eu estava feliz por Miles estar ali?

– Oi, Miles – Hillary o saudou quando ela o viu da cozinha. Meu pai correu para ver quem era o tal Miles também.

– Ah, oi – Miles cumprimentou num sorriso.

– Então você é o tal Miles. – Meu pai apareceu de repente na porta da cozinha.

– Acho que sim. – Miles riu.

– Prazer em conhecê-lo. – Meu pai apertou sua mão com um sorriso largo no rosto.

Sorriso largo. Estavam todos felizes? Há quanto tempo não tínhamos um momento como esse?

– Então, vamos, Miles? – perguntei sem graça.

Ele assentiu e subimos para o meu quarto.

– Então você é praticamente uma francesa – concluiu Miles.

– Callie é uma exagerada – eu disse rindo enquanto pegava os livros no armário.

– Uau – exclamou quando viu a pilha de livros que eu carregava. – Você *é* uma francesa.

– *Oui* – disse sorrindo. – *Merci.*

Sentei em minha cama segurando um livro e Miles sentou em uma das poltronas roxas que ficavam perto da escrivaninha.

Estudamos por uns dez minutos. Eu perguntava o que significava alguma palavra e ele respondia, quase todas as vezes errado, mas respondia.

– Tudo bem, melhor você desistir. Sou péssimo em francês – Miles disse gargalhando enquanto mexia em uma caixa vermelha em minha escrivaninha.

– Sinceramente, eu pensava que você se sairia pior, Benet – zombei dele.

Meu celular vibrou na escrivaninha.

– Callie White – Miles disse lendo o nome na tela.

Peguei o celular e vi uma mensagem em letras maiúsculas na tela.

"JÁ ROLOU?"

Revirei os olhos e olhei novamente para Miles dizendo outra frase:

– *Je sais?*

– Essa eu sei – ele riu. – Eu sei.

Fiz que sim com a cabeça, quando meu celular vibrou mais uma vez.

"Como estão as coisas, Amada?"

"Normais." – Foi só o que escrevi.

No mesmo instante chegou outra mensagem.

"É A SUA CHANCE!!!"

Ignorei a mensagem e voltei aos livros.

"Tudo bem, não vou atrapalhar os 'estudos'. Só saiba que ele está caidinho por você. Aproveite. Dê uns amassos." – Callie mandou outra mensagem.

"O QUÊ?" – respondi. – "Eu nem sei o que é isso."

Desliguei o celular e coloquei-o na escrivaninha.

– *S'il vous plaît?* – perguntei a Miles.

– Por favor – ele respondeu automaticamente.

Sorrimos um para o outro. Concentrei-me nos livros, mas eu percebia que uma vez ou outra Miles me olhava.

– O que é "dar uns amassos"? – perguntei séria para ele.

– Quer que eu te mostre? – ele respondeu com um sorriso malicioso.

– Não! – quase gritei. No mesmo instante soube o que aquilo significava. – Espere... Ah, meu Deus. Esqueça que eu disse isso.

Ele assentiu e nós dois gargalhamos.

– Hillary fez batatas assadas, Ari – Becky gritou ao entrar no quarto. – Eu adoro batatas assadas.

Rimos.

– Vocês não vão jantar? – ela perguntou parando de pular por um minuto. – Papai está chamando vocês dois.

– Ok – eu disse rápido.

Ela fechou a porta novamente e ouvi o bater rápido de seus pés nas escadas.

– Adoro batatas assadas – eu disse rindo imitando a voz fina de Becky enquanto me levantava.

Miles gargalhou, levantou-se e andou atrás de mim até chegarmos na cozinha.

Quase nunca jantávamos na mesa. A maioria das vezes comíamos no sofá, assistindo TV. Mas naquele dia a mesa estava linda e pronta para ser usada.

Sentei perto de Becky; ao meu lado Miles, e à minha frente Hillary. À frente de Miles estava meu pai, sendo assim, Becky ficou na ponta da mesa, seu lugar preferido.

– Uau – meu pai disse provando uma das batatas. – Estão deliciosas, Hillary. Não sabia que você cozinhava.

– Há muitas coisas que você não sabe sobre mim – ela falou sorrindo para ele.

Será que eles já estavam namorando?

– Como o quê, por exemplo? – questionei rápido enquanto comia uma das batatas.

– Bom, já fui casada – ela disse ainda sorrindo. – E tenho um filho. Steven. Nove anos.

– Steven é uma gracinha – meu pai falou. – Você poderia fazer amizade com ele, Becky.

– Claro – ela respondeu de boca cheia. – Adoro batatas assadas.

Todos riram.

– E você, Miles? – questionou Hillary.

– Ele não é bom em francês – adiantei rindo.

Becky gargalhou enquanto colocava mais uma batata em sua boca. Para onde será que aquelas batatas iam? Não era possível uma menina pequena daquele jeito comer tantas batatas.

– Não sou bom em francês, é verdade – Miles concordou. – Mas sou bom no *baseball*.

– *Baseball*? – Meu pai se alegrou. – Eu amo *baseball*. Pra que time você torce?

– Claro que torço pros *Yankees*.

Meu pai deu um grito de alegria e levantou os braços.

– Você está ficando mais interessante, Miles – disse meu pai rindo.

Todos riram.

O resto do jantar foi muito bom. Sinceramente, pensei que Hillary me decepcionaria, mas ela pareceu ser uma pessoa muito boa. Ela nos contou que o marido tinha morrido há pouco tempo, mas ela estava forte porque tinha muitos amigos que a ajudavam.

Achei tão corajoso da parte dela seguir em frente. Acho que, se eu perdesse alguém que amasse, eu não seria capaz de sobreviver sozinha. A vida prega muitas peças, porém, certas pessoas têm o poder de driblá-las.

Gostei muito de Hillary. E acho que, se ela e meu pai estivessem namorando, eu não ligaria. Acharia bom. Diria que finalmente ele achou alguém de seu nível.

12

Naquela noite fui dormir feliz, coisa que não fazia há um bom tempo. Não que eu fosse infeliz, mas minha vida, ultimamente, não estava das melhores. Tudo o que aconteceu comigo, a notícia do transplante, não ter minha mãe presente para me ajudar, tinha sido horrível. Mas, naquela noite, dormi feliz.

Não sabia exatamente o motivo da felicidade. Só sabia que tinha a ver com meu pai estar feliz por causa de Hillary e por causa de Miles. Ele realmente deixou minha noite muito melhor.

No outro dia, quando voltei da escola, fui pega de surpresa ao abrir a porta da frente de minha casa.

No sofá da sala estavam meu pai, Becky, Matt, seus dois filhos gêmeos, Dean e Dylan, e Hayley, minha prima que morava no Japão há anos.

– Ariane!!! – Hayley gritou correndo até a porta para me abraçar.

– Hayley, que saudade! – falei surpresa pelo abraço. – Que saudade.

– Como você está linda! – afirmou ela me olhando dos pés à cabeça duas vezes.

– Obrigada! – eu disse corando.

Hayley não era muito mais velha do que eu. Ela tinha vinte anos. Quando ela completou quinze anos, seu pai, o tio Jack, recebeu uma proposta de trabalho no Japão. Eles se mudaram e desde então eu só via Hayley em casamentos importantes ou velórios de parentes.

Vê-la ali, na minha frente, naquele momento, foi perfeito. Eu não tinha reparado a falta que ela me fazia. Eu estava morrendo de saudade dela. Era a prima que eu mais gostava.

– Hayley disse que trouxe presentes do Japão pra nós, Ari! – Becky gritou do outro lado da sala.

– Mas ela disse que não daria nada até que você chegasse – Matt disse enquanto dava uma mamadeira para Dean.

Dean e Dylan eram meus lindos sobrinhos gêmeos. Eram os bebês mais fofos que eu já tinha visto na vida, sem contar com Becky, claro.

– Sim, trouxe presentes para todos – Hayley alertou sorrindo e pegando sua bolsa enorme atrás do sofá.

– O meu primeiro, o meu primeiro! – Becky repetia.

– Becky – Hayley pegou uma pequena caixa verde em sua bolsa –, pra você eu trouxe duas *Kokeshis*.

Becky abriu a caixa desesperadamente e tirou de dentro dela duas lindas bonequinhas de madeira.

– Essas bonequinhas são japonesas, são produzidas em madeira e nunca têm braços ou pernas. Sobre elas, existem várias lendas, algumas até mesmo aterrorizantes – Hayley disse observando Becky olhar encantada para as *Kokeshis*. – Elas são consideradas símbolos de sorte e proteção.

– Ah, obrigada, Hayley. – Becky a abraçou. – Adorei.

Ela tirou mais duas pequenas caixas da bolsa.

– Esses são para Matt e para o tio Josh – disse Hayley rindo.

Dentro de cada uma das caixinhas havia um relógio tecnológico. Enorme. Cobria quase todo o antebraço de Matt quando ele o provou.

– Os japoneses amam esses relógios – Hayley disse.

– É quase do tamanho de uma televisão – zombou meu pai.

– Pelo menos assim nunca vamos nos perder, pai – riu Matt. – Obrigado, Hayley – ele disse abraçando-a.

– E, agora, o melhor presente, em minha opinião – exclamou Hayley.

Ela me entregou uma caixinha muito menor do que a do meu pai e a de Matt.

– O que é? – perguntei.

– Abra.

Abri a caixinha com cuidado e lá estava o colar mais lindo que eu já tinha visto em toda a minha vida. Era um pequeno medalhão dourado em formato de coração com palavras escritas em japonês entalhadas nele.

Estava escrito:

"大きな心を持っています"

– O que está escrito? – perguntei enquanto o colocava em meu pescoço.

– Eu tenho um grande coração – traduziu, sorrindo e olhando no fundo dos meus olhos.

– Hayley... – Não consegui terminar.

Hayley sabia da minha doença e aquele colar fez minha visão ficar turva por causa das lágrimas que estavam prestes a cair. Segurei as lágrimas e a abracei forte.

13

Arrumamos meu quarto e deixamos confortável para que três pessoas pudessem dormir bem nele. Eu, Hayley e Becky dormiríamos juntas. Resolvemos que Matt e os meninos passariam a noite em nossa casa, pois Brenda, sua esposa, estava viajando a trabalho. Assim, a casa ficou muito cheia e muito mais divertida do que de costume.

À noite, em meu quarto, foi uma típica noite das meninas. Hayley não parava de falar das coisas do Japão, Becky sempre perguntava alguma coisa inteligente para Hayley e ela respondia sempre com um sorriso no rosto.

– E você, Ariane? – indagou Hayley ainda gargalhando das perguntas de Becky. – Já tem algum pretendente?

– Eu... – Fui pega de surpresa.

– Ela tem aquele *amigo* – Becky frisou a última palavra. – Aquele chamado Miles.

– Amigo? – Hayley perguntou com uma cara maliciosa. – Nos conte sobre esse Miles, Ari.

– Não tenho nada pra contar – eu disse com um pequeno sorriso no rosto para tentar espantar qualquer dúvida delas. – Não temos nada, juro.

– Então eu conto, eu conto – Becky gargalhou alto.

– Você já tem algum pretendente, Rebecca? – Hayley repetiu a pergunta para ela.

– Não. Não quis dizer sobre mim – Becky disse envergonhada. – Sobre o Miles – ela enfatizou.

– Ah, sim. – Hayley suspirou aliviada.

– Bom, Miles Benet tem olhos verdes-claros, tem os cabelos mais pretos que já vi em toda a minha vida, e é muito branco – ela disse rindo. – Ele é muito engraçado e lindo.

– Então ele é um bom partido, Ariane – zombou Hayley.

– Ah, tudo bem. Chega de me zoarem! – gritei tentando disfarçar a vergonha que estava sentindo. – Vamos falar sobre outra coisa.

– Não, não, não – Hayley riu. – Quero muito saber tudo sobre Miles.

– Miles é um garoto da minha escola – eu disse sem ânimo.

– E o que você sente por ele? – Hayley perguntou distraída com um fiapo solto em seu pijama.

Ah, não.

Elas queriam saber demais. Pensei em me recusar a falar qualquer outra palavra, mas não aguentei.

– Bom, ele é realmente lindo – cedi.

Becky deu um gritinho e bateu palmas enquanto Hayley arregalava os olhos e sorria.

– Bom, bom... – Hayley pensava alto. – Isso é um ótimo começo. O que mais?

– Ele tem os olhos mais lindos que eu já vi – suspirei.

– Maravilha, continue – ela disse empolgada.

– E ele é muito charmoso. Deixa qualquer menino da minha escola no chão. – Ri com o que eu disse. Eu nunca tinha dito os meus pensamentos sobre Miles em voz alta.

– Está apaixonada! – Becky gritou. – Ariane está apaixonada.

– Não estou, não – disse zangada.

– Está sim! – Becky gritou ainda mais alto rindo de mim enquanto Hayley ria baixinho e assentia.

– Eu não estou! – gritei brava. – Eu tenho uma regra de não me apaixonar por meninos desse tipo.

– Que tipo? – Hayley perguntou.

– Que já tem namorada – menti.

Menti feio. Menti muito feio. Aposto que nenhuma das duas acreditou em mim, mas tentaram me fazer acreditar que eu as tinha convencido.

Elas se entreolharam, Hayley perdeu toda a alegria e Becky fez uma cara de choro forçada.

– Sinto muito – Hayley disse com pena no olhar.

Eu gostaria muito de rir da cara dela naquele momento, mas acabaria comigo se elas soubessem de mais algum pensamento meu.

Eu realmente não estava apaixonada. Nunca estive. Pelo menos, achava que não estava.

– Não tem pelo que sentir – eu disse sorrindo. – Acabei de falar que não gosto dele.

Elas tentaram sorrir enquanto eu pensava em outro assunto para preencher o silêncio.

– Quem está com fome? – Hayley perguntou.

– Eu! – Becky gritou.

– Vamos pedir uma pizza?

– Mas são três horas da manhã, Hayley – lembrei-a.

– Não tem problema – ela disse gargalhando. – Eu já sou maior de idade.

14

– Harry me chamou para o baile – Callie gritava pulando e batendo palmas em um corredor da escola. – Harry me chamou para o baile!

– Claro que ele te chamou, Callie – eu disse rindo dela. – Ele é seu namorado.

– Eu sei, eu sei, mas... – Callie ria dela mesma. – Ah, ele me chamou, ele me chamou!

Rimos e ela me abraçou de tão feliz que estava.

– E você, querida? – ela perguntou. – Vai ao baile, não vai?

– Claro que vou – falei. – Não sou tão antissocial assim.

– E quem será seu par? – Callie me perguntou.

– Ainda não sei – afirmei. – Mas vou, com certeza.

Quando cheguei em casa fui direto para o quarto. Eu estava muito cansada. Muito. Precisava dormir.

Deitei e no mesmo instante meu celular tocou.

– Ariane Sparks. – Reconheci aquela voz. Era Miles.

– Oi, Miles. Como anda seu francês? – perguntei para a linha não ficar vazia.

– Está melhor do que nunca – ele zombou de si mesmo.

– Vamos ter que melhorar isso algum dia.

Por que Miles tinha me ligado? Eu não tinha visto ele na escola naquele dia.

– Por que não foi pra escola hoje? – perguntei sem graça.

– Minha tia precisou da minha ajuda. – Foi só o que ele disse.

A linha ficou vazia por um momento. Só se escutava a nossa respiração.

– Então por que me ligou? – perguntei gargalhando para não parecer indelicada.

– Porque queria ouvir sua voz – ele disse.

Calei-me de propósito. Não disse mais nada por um momento.

Ele começou a rir.

– Isso é meio clichê – ele falou. – Te ligar para ouvir sua voz, quero dizer.

Assenti sorrindo, mas então lembrei que estávamos conversando por telefone e disse:

– Sim.

– Ariane, eu queria perguntar uma coisa pra você.

– Claro.

– Você vai ao baile? – ele perguntou.

– Sim.

– Que ótimo – ele disse timidamente. – Eu também vou.

Acho que nunca tive uma conversa tão vergonhosa quanto àquela com Miles.

– Miles, isso está muito estranho – eu falei, rindo dele.

– Conversa muito chata, não? – ele riu.

– Sim.

– Bom, então... – ele começou, mas pelo visto se arrependeu. – Tchau, Ari. Até amanhã na escola.

Desliguei o celular e coloquei-o na escrivaninha. Naquele momento eu tive certeza de que ele não tinha me ligado apenas para saber se eu ia ou não ao baile, ele queria mais alguma coisa, queria perguntar mais alguma coisa. Eu ia descobrir. Deitei-me e a porta se abriu.

Eu não conseguia descansar nem por um minuto. *Qual é*, pensei. *Eu tenho problemas cardíacos e ninguém dá a mínima?*

– Olá, Ari. – Era Hayley.

– Oi – disse me levantando.

– Não precisa se levantar. Eu só quero conversar.

– Pode falar.

– Tem alguma coisa acontecendo com você? – ela perguntou tímida.

– Não que eu saiba. – Tentei brincar para tentar fazê-la esquecer da pergunta. Porque, afinal, tinha um milhão de coisas acontecendo comigo.

– Ah, vamos – ela começou. – Eu estou sentindo que há algo de errado.

– Sério, Hayley, não é nada de mais.

– Você pode confiar em mim. – Foi só o que ela disse.

E de repente lembrei do colar que ela me dera... Eu tenho um grande coração.

Senti, naquele momento, que podia confiar em Hayley. Ela não contaria a ninguém meus segredos. Eu queria me abrir com ela.

– Ah, Hayley – eu disse, já sentindo as lágrimas queimarem meus olhos. – Você jura que não contará a ninguém?

– Com toda a minha vida – ela respondeu me olhando com delicadeza e, talvez, um pouco de pena.

– Você sabe que tenho Coronariana – comecei. Aliás, não sabia como continuar. – Bom, há alguns dias fui ao médico sozinha. Ele disse que eu terei que passar por um transplante. Tenho dois meses de vida, Hayley.

Percebi que os olhos cor de âmbar de Hayley escureceram. Ela desviou o olhar e respirou fundo. Eu a entendi naquele momento.

Continuei:

– Meu médico disse que está correndo atrás de um doador de coração pra mim, mas ele nem entrou em contato mais. Eu já liguei duas vezes ao consultório, mas sempre que ligo Annabely fala que ele está em reunião ou em alguma cirurgia. Eu estou sentindo cada vez mais as dores. Meus remédios não fazem mais efeito. Nada pode me ajudar, somente o transplante. Não quero ter que fazer isso. Nunca pensei que chegaria a esse ponto. Estou morrendo.

– O que acontecerá comigo, Hayley? – eu disse com lágrimas nos olhos.

Ela não disse nada, apenas olhou para mim e me abraçou. E então percebi que eu realmente podia confiar nela. Que ela me ajudaria.

Enxuguei as lágrimas que caíam pelo meu rosto e respirei fundo.

– Isso é muito ruim, sabia? – eu disse um pouco brava. – Eu já tinha tudo programado para a minha vida. Sim, eu sabia que tinha uma doença, mas nunca pensei que chegaria a esse ponto.

Hayley ainda não tinha dito nada. Talvez ela estivesse pensando no que falar para uma pessoa à beira da morte.

Ela me olhou com lágrimas nos olhos e disse:

– Somos insignificantes. Por mais que você programe sua vida, a qualquer momento tudo pode mudar.

Assenti e mais uma lágrima caiu.

– Eu queria tanto te ajudar, Ariane – ela disse um pouco mais calma depois de um tempo.

– Não há o que você possa fazer – eu disse tristonha. – Não tem problema.

– Claro que tem problema. Eu faria qualquer coisa por você. Eu te amo. Mas o que posso fazer em relação a isso? – ela perguntava a nós duas ao mesmo tempo.

– Nada – respondi séria, dessa vez. – Você não *precisa* fazer nada.

– Eu te daria meu coração se eu pudesse – ela disse com um meio sorriso no rosto.

Não sei por que, mas aquele meio sorriso me lembrou Miles.

– Você já me deu muito mais do que um simples coração – falei rindo de verdade. – Você me deu amor. Você é minha família, Hayley, e eu te amo por isso.

Ela riu em meio às lágrimas e me abraçou.

– Vamos sair dessa – ela disse com convicção.

E eu realmente acreditei no que ela disse. Ela iria me ajudar. Todos iriam me ajudar.

Ou você intimida o mundo ou o mundo intimida você. Essa é a razão da vida.

Quero... Não. Eu *preciso* intimidar o mundo.

15

No outro dia não fui à escola. Estava decidida que contaria a todos sobre o transplante. Pensei a noite toda em como faria isso. Tentei até pedir ajuda a Hayley, mas ela já tinha ido dormir.

– Preciso falar uma coisa muito importante, pai – disse.

– O quê? – ele perguntou franzindo a testa.

– Eu... – Como começaria aquilo?

Decidi que eu contaria do mesmo jeito que tinha contato a Hayley.

– Acho que é melhor o senhor se sentar – falei devagar.

– O que há de errado, Ariane? – ele disse com a voz seca. – Já estou ficando preocupado.

– Eu... Pai, não sei como vou fazer isso.

No mesmo instante Hayley abriu a porta da cozinha com um barulho alto.

– Errr, desculpa? – Hayley disse com o cenho franzido.

– Recebeu mais notícias, Hayley? – perguntou meu pai se virando para encará-la.

– Não – disse ela com o rosto entre as mãos. – Tentei ligar mais de quatro vezes, mas ninguém atende.

– O que aconteceu? – perguntei.

– Meus pais me mandaram uma mensagem hoje de manhã dizendo que era pra eu voltar pra casa urgente – ela disse com um olhar diferente. – Preciso pegar o primeiro voo, tio Josh, não posso ficar aqui esperando notícias.

– Mas eles só mandaram essa mensagem, nada mais? – perguntei sem dar espaço para o meu pai questioná-la.

– Sim, somente essa mensagem. Mas não posso ficar esperando sentada. Pode ser algo ruim.

– Não deve ser nada de mais, Hayley – respondeu meu pai.

– Mas pode ser. – Dava para ouvir o desespero em sua voz. – Pegarei o primeiro voo de volta para o Japão.

Hayley respirou fundo, deu meia-volta e saiu pela mesma porta pela qual tinha entrado.

– Bom – meu pai suspirou –, e você, o que tinha a me contar mesmo?

– Eu...

De repente toda a coragem que eu tinha juntado durante toda a noite tinha sumido.

– Acho melhor cuidarmos de Hayley e de seus problemas antes – suspirei. – Não era nada de importante.

Meu pai hesitou por um momento, mas depois relaxou outra vez.

Aproveitei e saí dali.

– Você tem certeza disso? – perguntei enquanto a abraçava. – Você está muito ansiosa. Acho melhor você partir amanhã.

– Não – disse Hayley com sua voz forte. – Não sei o que está acontecendo com meus pais. Se fosse algo simples eles já teriam dito. Eu vou hoje.

Estávamos do lado de fora do aeroporto. Hayley tinha comprado uma passagem, sem reembolso, de última hora e estava uma pilha de nervos.

Acho que nunca tinha visto Hayley tão impulsiva. Ela sempre pensava muito antes de tomar uma simples decisão como beber café com açúcar ou adoçante. Nem parecia a mesma Hayley.

– Você vai ficar bem? – meu pai perguntou de dentro do carro. Hayley e eu estávamos abraçadas na calçada.

Ela assentiu e deu um beijo no rosto do meu pai.

– Obrigada por tudo, tio Josh – disse com uma voz fraca. – Comprarei alguns calmantes na farmácia do aeroporto.

Ele assentiu depois de hesitar por um breve segundo.

– Tudo bem, se cuide e não demore muito para voltar – meu pai falou dando a partida no carro.

Eu ainda estava do lado de fora abraçada a Hayley.

– Eu estava com tanta saudade – eu disse triste.

– Pois é. – Ela deu um sorriso forçado. – Nem aproveitamos Nova Iorque direito.

Sorri triste.

– Mas juro que volto logo – disse com um sorriso sincero no rosto.

– Tudo bem, confio em você – falei.

Ela franziu o cenho e seus olhos se encheram de lágrimas.

– Vai dar tudo certo, Ari – falou piscando os olhos para afastar as lágrimas. – Não se preocupe.

– Eu sei – assenti.

– Tenho que ir – falou me dando mais um abraço apertado.

– Não se preocupe – eu disse para confortá-la. – Aposto vinte dólares que quando você chegar no Japão sua mãe vai te falar que a emergência não passava de uma bobeira.

Ela gargalhou e me abraçou mais uma vez.

– Eu te amo muito, Ari – falou com os olhos turvos. – Vou te ajudar, você vai ver. Vou dar um jeito e vou te ajudar.

Ela se referia ao meu coração. Ela me ajudaria a passar por aquela fase de transplante. Ela começou a andar em direção à porta automática que ficava do outro lado da rua. Toquei no colar que ela tinha me dado e dei um sorriso largo.

– Só mais uma coisa – gritou do meio da rua.

Olhei com curiosidade e vi que ela tinha um sorriso malicioso no rosto.

– Não deixe aquele tal de Miles escapar! – gritou.

Gargalhei e assenti.

Não é estranho como momentos felizes são interrompidos bruscamente de uma hora para outra? Aquele era, de certa forma, um momento feliz. Todos sabíamos que, quando Hayley chegasse ao Japão, lá estariam seus pais, sentados no sofá e assistindo alguma novela japonesa. Mas, aos meus olhos, os momentos felizes duravam pouco.

Em uma fração de segundo vi Hayley estirada no chão com sangue jorrando de seus braços e pernas. Tudo ficou calmo.

Eu vi o motorista que tinha atropelado Hayley sair do carro correndo. Eu vi o desespero em seu rosto. Vi o susto que meu pai levou, vi a reação das pessoas em volta. Eu via tudo e todos, eu *sentia* tudo.

Mas tudo ficou calmo. Não pude ouvir nada. Só conseguia ver os olhos semicerrados de Hayley olharem para mim e piscarem devagar. Eu só pensava nas palavras de Hayley:

Vou te ajudar, você vai ver. Vou dar um jeito e vou te ajudar.

E então não vi mais nada.

16

Acordei no banco de trás do meu carro. Eu estava torcendo para que tudo o que eu tinha visto nos últimos dez minutos fosse apenas um sonho. Mas não era. Pelo retrovisor do carro eu pude ver as lágrimas de meu pai e o olhar confuso.

Levantei rápido e me sentei. Tive que tampar o rosto com minhas mãos para interromper a luz vermelha que refletia em meu rosto.

Luz vermelha... Uma ambulância.

– Pai? – perguntei grogue.

Será que eu tinha desmaiado?

– Sim, querida – respondeu com uma voz gentil e enxugando as lágrimas de suas bochechas.

– O que aconteceu?

Através do retrovisor percebi que ele hesitara. Ele não queria descarregar toda aquela informação em uma menina que tinha problemas cardíacos.

– Hayley... – ele não continuou.

– Ela morreu? – disparei angustiada.

– Não – ele disse. Senti o alívio tomar contar de mim. – Vamos torcer para que ela seja forte e aguente mais um pouco.

"Sinto muito por sua perda."

Foram as palavras de uma enfermeira vestida de branco.

Hayley morreu. Eu ainda não conseguia acreditar naquilo. Como aquilo poderia acontecer? Hayley era a melhor pessoa que eu conhecia. Como aquilo poderia acontecer?

Meu mundo desabou. Sentei em uma das cadeiras duras daquele corredor e chorei.

Meu pai pegou o celular para ligar para a família de Hayley. Não sabia o que ele falaria. Não sabia *como* ele diria. Mas ele tinha certo dom com as palavras, não que aquilo fosse ajudar, mas era tudo que tínhamos.

A cada segundo que se passava parecia que um novo buraco se formava em meu coração. Busquei pelo salvador em minha bolsa. Não conseguia enxergar. As lágrimas me atrapalhavam e não me deixavam raciocinar direito.

A dor em meu coração passou, mas não por completo. Hayley não estava mais entre nós. O que faríamos?

Eu chorava descontroladamente enquanto olhava para aquele pequeno pingente em minha mãos. Eu tenho um grande coração, lembrei. Era isso que Hayley pensava sobre mim. Um coração grande. Um coração.

Eu te daria meu coração se eu pudesse, ela dissera.

Enxuguei as lágrimas e me levantei.

Não tinha muita consciência sobre meus pensamentos e sobre minhas decisões, mas mesmo assim segui em frente com o pequeno plano que planejei em minha mente nos últimos vinte segundos.

Bati em uma grande porta de correr branca.

Um médico com grandes olhos castanhos e cabelos pretos abriu a porta.

– Ariane? – O Dr. Smith perguntou me examinando com os olhos.

Dei um meio sorriso. Eu tive uma sorte imensa por ser uma sexta-feira. Sexta-feira era o dia que o Dr. Smith deixava seu consultório e fazia plantão naquele imenso hospital. Por alguma obra do destino, o hospital mais próximo do aeroporto, naquele dia, era aquele.

– O que faz aqui? – ele perguntou confuso. – Não temos consulta hoje.

– Eu encontrei um coração. – Foi só o que eu disse.

Acho que seria isso que Hayley teria escolhido se pudesse.

– Você o quê? – ele perguntou encabulado.

– Eu encontrei um...

– Não! – ele disse com um sorriso sério no rosto, me interrompendo. – Entendi, só não sei como você encontrou.

– Minha prima acabou de ser atropelada. Ela se foi. – As lágrimas começaram a descer de novo. – Você precisa me ajudar. Não sei o que fazer quanto a isso.

– Seu pai já sabe? – perguntou esperançoso.

– Não tive tempo para contar – menti.

Ele hesitou.

– Você deve contar a ele agora – ele me alertou. – Qual o nome da sua prima? Vou pedir para alguém fazer os exames para ver se o coração dela é compatível com o seu. Se for, teremos que fazer o transplante ainda hoje.

– Hoje? – disparei alarmada.

– Um coração não aguenta muito tempo longe de um corpo. Temos menos de quatro horas.

17

Meu pai estava sentado na sala de espera com a cabeça enterrada em suas mãos.

Eu deveria contar a ele sobre o transplante, certo? Mas ele já estava sofrendo tanto. Sua sobrinha tinha acabado de morrer. Eu poderia morrer a qualquer minuto.

Mas talvez sua sobrinha pudesse me salvar. Talvez Hayley pudesse viver comigo pelo resto da minha vida.

Não podia contar a ele naquele momento triste. Sentei ao seu lado, em silêncio.

Em um momento daquele silêncio horrível me arrependi de ter pedido ao Dr. Smith que fizesse os exames em Hayley. Ela era minha prima. Eu não tinha autorização sob seus órgãos nem nada parecido.

Aquele seria mesmo o final de Hayley? Doar um coração para mim? Depois de muito tempo vi o Dr. Smith de relance perto da recepção. Pela cara do meu pai, ele ainda não o tinha o visto, não o julguei por isso. Ele estava realmente sofrendo.

Corri até a recepção.

– Fez os exames? – perguntei.

– Fiz. Foi um pouco difícil de consegui-los porque não liberaram o corpo, mas não podemos perder mais tempo.

Eu estava ansiosa pela resposta. Senti-me horrível por estar ansiosa.

– E eu farei o transplante? – perguntei.

Ele hesitou.

Estava cansada de tanta hesitação. Porque não me respondiam logo?

– Você não fará o transplante – ele disse pegando uma prancheta e começando a caminhar pelo corredor.

O segui em silêncio e perguntei depois de um tempo ao seu lado:

– Como não farei o transplante?

– Hayley não é compatível com você.

Aquelas palavras acabaram comigo. Hayley não me ajudaria a viver.

Eu estava sem rumo mais uma vez. Precisava arrumar um caminho que estivesse certo. Mas todos os caminhos estão errados quando você não sabe aonde quer chegar.

18

Becky caminhou de mãos dadas comigo até o final da cerimônia. Eu nunca tinha visto um velório japonês antes. Foi... diferente.

Todos acharam a cerimônia um tanto quanto diferente porque a fizemos em Nova Iorque e os nova-iorquinos não eram tão acostumados com aquele tipo de velório.

Depois da cerimônia a mãe e o pai de Hayley receberiam uma urna com suas cinzas. Nunca entendi isso, mas soube por um dos convidados que era quase uma tradição no Japão.

Meus tios, pais de Hayley, pareciam calmos, mas seus olhos transbordavam tristeza.

– Vai doer, mas vai passar – minha tia disse se sentando ao meu lado.

– Eu sei – falei olhando para minhas sapatilhas pretas.

O que eu mais queria naquele momento era *a)* abraçar Hayley e *b)* colocar um tênis. Mas minhas roupas não dariam certo se eu usasse meu all star roxo.

Eu usava um vestido rodado preto, uma sapatilha preta e uma jaqueta rendada, também preta. Havia várias pessoas que não estavam vestidas de preto e eu realmente achava aquilo um desrespeito a Hayley e a todas as pessoas que estavam sofrendo de verdade com sua morte.

– Sabe, Ariane – minha tia recomeçou –, Hayley realmente amava muito você.

– Sei disso, tia.

Ela suspirou.

– Você não vai ficar com essa cara pelo resto de sua vida, não é? – me perguntou.

– Acho que vou.

– Nascemos para sorrir também – ela disse.

Reparei que ela tinha um pouco de sotaque que, creio eu, tinha trazido do Japão.

– É que... sinto a falta dela. Só isso. Ou tudo isso – eu disse piscando para afastar as lágrimas.

– Você sabe que eu e minha família vivemos há muito tempo no Japão – suspirou enquanto eu assentia.

– Eles celebram a vida com muito ânimo. Isso era o que Hayley mais gostava naquele país. Acho que ela preferiria que não chorássemos, mas celebrássemos tudo o que ela fez e conquistou em sua vida.

Passei as mãos pelas minhas bochechas e limpei as lágrimas. Dei um meio sorriso para minha tia e a abracei.

– Obrigada.

– Eu também estou sofrendo muito, Ari – ela disse depois que a soltei. – Mas uma vez, quando Hayley tinha uns treze anos de idade, ela disse que se alguém chorasse em seu enterro ela ficaria muito zangada e faria de tudo para atormentar essa pessoa pelo resto de sua vida.

Eu e ela demos uma gargalhada fraca.

Hayley sempre fora muito alegre e isso, sem sombra de dúvida, era o que eu mais amava nela.

Fechei a porta do meu quarto, troquei de roupa e, finalmente, coloquei tênis. Estava tudo calmo, apesar de a minha família toda estar no andar de baixo.

Peguei meu celular para ligar para Callie, mas havia uma nova mensagem. Toquei na tela.

"Sinto muito por sua prima" – dizia a mensagem de Miles.

"Obrigada" – respondi.

Um segundo depois ele respondeu:

"Acho que meu francês tem piorado. Quer vir me ajudar?"

Ri. Ele era ótimo no francês.

"Daqui dez minutos estou aí."

Desci as escadas e me deparei com Hillary sentada ao lado de meu pai. Não achei nada de mais e até me surpreendi pela minha reação.

– Que bom te ver, Ari – Hillary me cumprimentou com um sorriso fraco. – Esse é Steven, meu filho.

– Oi, Hillary – eu disse com o mesmo sorriso fraco. – Oi, Steven!

Steven tinha a mesma idade de Becky. Os dois se entreolhavam de vez em quando e sorriam.

Steven era lindo. Tinha olhos verdes, que, com certeza, puxou de seu pai, porque os de Hillary eram quase tão azuis quanto o mar, e os cabelos eram da mesma tonalidade dos de sua mãe.

Eu realmente achava os ruivos as pessoas mais lindas do planeta Terra. Eram tão diferentes. Uma diferença tão boa que os deixava mais lindos ainda.

– Pai, vou pra casa de Callie – menti.

– Acho melhor que você não... – começou, mas foi interrompido por Hillary que cochichou algo em seus ouvidos.

Ele assentiu e deu um leve sorriso.

– Não, não tem problema, pode ir ver Callie. Acho até que será melhor pra você.

Sorri, abri a porta e saí.

O que será que Hillary cochichara para meu pai que o fez mudar de ideia? Seja o que for, tinha dado certo. Acho que tinha me enganado com Hillary. Ela não era como as outras. Se ela continuasse daquele jeito, eu gostaria muito que ela e meu pai namorassem.

Dei partida no carro e comecei a dirigir. De repente me veio à cabeça que eu não sabia onde Miles morava.

Achei melhor mandar uma mensagem para ele perguntando onde era sua casa, mas depois de um tempo aquela hipótese tinha virado a maior idiotice do mundo.

Liguei para Callie, que, com certeza, sabia.

– Ligue depois, não quero falar com ninguém – Callie disse com uma voz embargada.

Ela suspirava e assoava o nariz a cada cinco segundos. Ela havia chorado.

– O que houve? – perguntei.

– Já disse que não quero falar com ninguém – berrou ela.

– Callie White, o que houve? – repeti.

Em minha cabeça eu estava sendo a pessoa mais ignorante do mundo e pensando que, na verdade, eu que deveria estar naquele estado, porque, afinal de contas, *minha* prima havia morrido e não a dela.

– Sinto muito por Hayley – ela disse depois de um tempo.

– Obrigada – disse rápido, não choraria de novo. – O que houve?

– Não quero falar sobre isso – ela falou.

– Já está ficando sem graça! – gritei e reparei que um motorista de táxi parado ao meu lado me olhava com um olhar assustado. Ignorei e voltei a Callie.

– Harry terminou comigo! – ela gritou do outro lado da linha tão alto que tive que afastar o celular dos ouvidos.

– O quê? – questionei. – Como ele pôde fazer isso? Por quê?

– Não quero falar o motivo... é muito vergonhoso – ela disse e eu pude ouvir ela tapar o rosto com as mãos como se alguém fosse julgá-la.

– Não vou contar a ninguém – alertei. – Pode confiar em mim.

– Não estou preocupada para quem você contará, porque daqui a alguns dias todos vão saber – ela disse baixinho dessa vez, fungando.

– Então me conte! – berrei de novo e mais uma vez o motorista riu da minha cara.

– Harry estava me traindo – disse envergonhada.

Não acreditei naquilo. Como ele a trairia? Eles pareciam tão felizes juntos...

– Com quem? – perguntei.

Encostei o carro perto da calçada para que aquele velho estranho não ficasse me encarando a cada grito que eu dava e, pelo visto, eu gritaria mais algumas vezes.

Callie não respondeu.

– Não acredito que o Harry pôde te trocar por outra menina! – disparei. – Ele tinha *você* e quis outra!

– Se fosse assim, seria bom – Callie disse desanimada.

– Como assim?

– Eu seguiria em frente se fosse qualquer uma – gritou Callie soluçando novamente.

– Eu... o quê? – perguntei hesitante.

– Harry me disse hoje que tínhamos que terminar porque – começou ela relutante – ele não me amava mais. Ele amava outra pessoa.

Fique em silêncio tentando associar as informações.

– Ele disse que há três meses mantinha um relacionamento com outra pessoa – suspirou Callie.

Como ele pôde trair Callie?

– Vou adiantando que as próximas notícias vão te chocar um pouco, amada – avisou. – Harry me traiu com Natallie.

Fiquei abismada. Como não tínhamos reparado nisso antes?

– Ele me trocou por aquela... – Callie gritou. – Ah, eu odeio ele.

Não consegui responder. Estava boquiaberta.

– Bom – começou Callie assuando o nariz –, mas não tem problema. Eu sou forte, não sou? Eu nem o amava de verdade. Existem outros.

– Isso mesmo – encorajei-a –, existem milhões de homens que dariam tudo pra te ter. Você pode ter qualquer um.

– Mas eu queria o Harry! – disse com uma voz manhosa.

– Vamos parar com essa conversa aí – falei.

– Você tem razão – suspirou.

– Eu sempre tenho razão.

– Existem outros, verdade, querida. Eu estou bem. – Callie soltou uma gargalhada fraca.

– Ótimo – falei. – Agora você tem que me ajudar.

– O que você quer? – resmungou ela.

– Quero o endereço do Miles. Não sei onde ele mora – falei envergonhada.

– O que você vai fazer na casa de Miles Benet? – perguntou com uma voz maliciosa.

– Estudar francês – falei.

– Rá! – gritou. – Eu sabia que isso funcionaria.

Ignorei. Alguns minutos depois, Callie mandou uma mensagem dizendo o endereço de Miles.

New Street. Não sei o número da casa, amada, só sei que é uma grande casa azul. Aproveite a noite.

Callie W.

19

Bati algumas vezes na porta enquanto olhava para meus tênis roxos e percebi o estado de minhas roupas. Não tinha reparado que estava com a camiseta do pijama, era uma camiseta apertada azul com estrelinhas amarelas. Estava com uma calça jeans básica e uma blusa de moletom com zíper preta.

Eu estava muito ridícula. Eu não deixaria Miles me ver naquele estado. Dei meia-volta e quando estava prestes a entrar no carro, Miles abriu a porta.

– Pensei que você não viria mais – ele disse rindo.

Olhei de relance para ele e vi que seus olhos se iluminaram quando alcançaram os meus.

Fitei mais uma vez meus tênis e senti vergonha. Fechei o zíper da blusa de moletom o mais rápido que pude e corei quando vi que ele me observava.

– Mas eu vim – disse por fim.

– Percebi. – Ele me olhou com um meio sorriso. – Quer entrar?

Assenti e entrei.

– Fiquei me perguntando como você encontraria minha casa – ele disse.

– Foi fácil – falei. – Com certeza, é a maior casa azul que já vi em toda a minha vida.

Era verdade. Por fora a casa parecia ser muito maior do que por dentro. Ocupava o espaço de quatro casas normais e era de um azul tão vivo que até de noite se podia ver.

Por dentro tinha uma decoração um pouco rústica. Anjos de porcelana ocupavam a maior parte da sala, o sofá era enorme e azul, quadros imensos decoravam as paredes azuis e havia um lustre de cristal enorme pendurado no teto.

– Essa casa é da sua tia? – perguntei.

– Sim – ele disse andando pelo corredor. – Ela tem certo vício com coisas azuis.

Caminhamos até a enorme cozinha. Era, sem dúvida, muito grande. Havia vários enfeites como os anjos de porcelana da sala e quase tudo era azul.

– Você deve ser a Ariane – falou uma voz doce vindo de trás do balcão.

Assenti enquanto me virava para encarar a pessoa que tinha me reconhecido.

– Sou Esther, tia do Miles – ela disse me dando um pequeno abraço e um beijo em cada bochecha do meu rosto.

Sorri, sem graça.

Ela parecia uma mulher muito graciosa. Não se parecia em nada com Miles. Tinha cabelos loiros presos em um coque desleixado, usava um vestido solto e, sob ele, um avental azul-claro, tinha grandes olhos cor de âmbar como os de Hayley. Sem dúvida, aqueles olhos eram lindos.

– Vão estudar, certo? – perguntou Esther para confirmar o que Miles deveria ter dito.

– Vamos – falou Miles enquanto abria um dos armários e procurava algo.

– Que matéria? – ela perguntou hesitante.

Miles fez uma careta e não respondeu, apenas voltou a procurar alguma coisa que eu não sabia o que era.

– Francês – falei sem hesitar.

– Miles vai te ajudar na matéria? – ela perguntou.

Miles enterrou o rosto nas mãos e não parou de fazer o que estava fazendo. Eu ri.

– Na verdade, eu quem vou ajudá-lo.

– Vai *ajudá-lo*? – perguntou ela com cara de desdém.

Assenti e, mais uma vez, Miles hesitou por um segundo enquanto olhava em mais um dos armários abertos.

– Que eu saiba, Miles é ótimo em francês – falou Esther com uma face diferente. – Eu ensinei tudo o que ele sabe.

– Mas eu... – comecei.

Miles me interrompeu.

– As matérias mudaram e eu me atrasei um pouco, tia – ele disse rápido enquanto pegava em meu braço.

Meu corpo estremeceu com seu toque.

– Vamos, Ari?

Assenti sem dizer nada.

Deixamos Esther para trás com uma cara carregada de amargura, talvez porque soubesse que seu sobrinho era ótimo no francês e tinha decaído de uma hora para outra, e atravessamos a porta dos fundos que dava para o jardim de inverno.

A cada passo que eu dava, me apaixonava mais por aquela casa. Era tão diferente e inspiradora. O jardim de inverno não era como qualquer jardim de inverno que vemos nos filmes. Parecia que tinha sido decorado exaustivamente e levado muito tempo para chegar àquele ponto.

O cheiro das flores me invadiu e me senti como em um sonho. Havia uma trilha de pedras brancas e troncos cortados que atravessava o jardim inteiro. Eu via anões de jardim e anjos de porcelana como os da sala de estar em toda parte. Em outro canto havia um espaço reservado para alguns cactos.

Para onde eu olhava havia flores de todos os tipos, cada uma com sua beleza e cheiro diferentes. Eram tão perfeitas.

– É tão lindo! – exclamei para Miles, ainda contemplando o jardim.

– Eu sei – falou ele rindo. – Eu e minha mãe o fizemos quando eu era menor.

– É perfeito! – disse olhando ao redor.

Caminhamos até um balanço de madeira para dois que ficava ao lado de alguns ramos de peônias.

Já passava das onze da noite. Meu pai estaria preocupado, mas Hillary o acalmaria falando que eu dormiria na casa de Callie, não é?

Espero que sim.

Nossos braços se tocaram e vi o quanto aquilo era estranho. Fiquei a uma distância respeitável e o olhei de relance.

– Então eu que sou a aluna hoje? – perguntei zombando-o e fazendo-o se lembrar do que sua tia tinha me falado.

– Ela disse que sou bom em francês, não é? – questionou ele.

Fiz que sim com a cabeça rindo.

– Em minha defesa – começou ele, balançando o banco –, quero dizer que ela me ensinou francês quando eu tinha doze anos de idade, então acho que eu posso perfeitamente ter esquecido algumas coisas.

Fiz uma cara de quem não acreditava naquela história e ele sorriu para mim. Aquele lindo sorriso que fazia qualquer um desviar o olhar só para vê-lo.

– Pena que eu não acredito em você – falei, desviando o olhar tentando provocá-lo.

– Não? – perguntou ele gargalhando, percebendo a brincadeira e querendo brincar também. – Bom, mas eu, sem dúvida, sou horrível em francês e acho que você terá que vir até aqui muitas vezes.

– Você sabe que vou querer algo em troca, não sabe? – disse séria para deixar a brincadeira mais divertida para mim.

– E o que você quer em troca? – perguntou com uma cara maliciosa.

Eu gargalhei.

– Vou pensar – falei. – Por enquanto, vou ver se você realmente é ruim em francês, caso contrário, você será punido.

Ele riu tanto que teve que colocar as mãos na barriga, um pouco estranho, mas achei fofo.

– Tudo bem – falou.

– Vamos tentar uma frase – eu disse ainda provocando-o.

Ele assentiu.

– *Que pensez-vous de mon sourire?* – perguntei o que ele achava sobre meu sorriso.

– Seu sorriso? Até um cego paga para ver! – garantiu ele.

Gargalhei.

– Isso não tem graça. – Tentei parecer séria, mas não consegui. – Você é bom no francês, não precisa de mim.

– Ah, não! – gritou. – Claro que preciso. Eu sou péssimo, de verdade.

Fiz uma cara de dúvida, mas não aguentei por muito tempo e comecei a sorrir novamente. Eu estava muito feliz por estar perto de Miles, mal me lembrava de Hayley. Porém, com esse pensamento, pude lembrar dela e as lágrimas voltaram queimando meus olhos.

Respirei fundo e tentei parecer calma olhando para Miles.

– O que houve? – perguntou ele.

– Nada de mais – garanti, piscando para afastar as lágrimas.

– É sobre sua prima, não é? – perguntou.

Assenti, segurando no colar que Hayley havia me dado. Miles observou o colar e fez uma cara de confuso.

– O que quer dizer? – ele quis saber.

– Hayley me deu há poucos dias – falei. – Está escrito que tenho um grande coração.

Seu olhar se iluminou e ele deu um pequeno sorriso.

– Tem tudo a ver com você, Ari – falou ele, ainda observando o colar.

– Posso te contar uma coisa? – perguntei hesitante.

Eu só havia contado para Hayley, mas parecia que, agora, ela não poderia me ajudar. Eu precisava contar para alguém.

Pensei em contar a Callie, mas ela estava muito abalada por causa de Harry e Natallie. Miles seria minha única escolha. E, talvez, não fosse uma má ideia.

Contei tudo a ele e vi seus olhos brilharem e se apagarem repentinamente. Ele não sabia o que falar e, talvez, fosse melhor assim. Quando acabei de falar ele respirou fundo, olhou dentro dos meus olhos e me abraçou.

Aquele abraço me fez sentir que eu estava segura. Em dias, aquele era o melhor abraço que eu havia recebido e, com certeza, o único que demonstrara ternura, conforto e proteção.

– Precisamos fazer alguma coisa. – De repente seus olhos se iluminaram de novo.

– Não há o que fazer – falei.

– Vamos encontrar algo.

Encontrei seus olhos e sorri. Ele queria me ajudar e, dessa vez, eu não seria egoísta. Eu deixaria ele me ajudar.

– Como o quê? – perguntei esperançosa.

– Seu pai sabe? – perguntou ele.

Neguei.

– Callie?

Neguei.

– Alguém? – tentou.

– Só você – cedi. – Bom, Hayley sabia, mas...

– Entendi – falou rápido.

Não havia nada a fazer.

– E sua mãe? – perguntou de repente.

Não respondi. Quase ninguém me lembrava dela.

– E-Eu não sei se é uma... – gaguejei.

– Você me disse uma vez que ela havia ido embora para morar com um cara estranho em Los Angeles – lembrou ele.

– É verdade, mas... – comecei.

– Talvez pudesse dar certo.

Talvez desse certo, mas o que eu falaria quando chegasse em sua casa? "Oi, mãe, lembra de mim? A filha que você abandonou. Então, estou morrendo e preciso de um coração novo. Tem como você me arrumar um?"

Não. Com certeza, não.

– Eu não sei se é uma boa ideia – falei olhando para as peônias vermelhas que estavam ao nosso lado. – Além do mais, o que eu faria se conseguisse ir até lá?

– Talvez ela saiba como te ajudar – ele disse esperançoso.

Talvez fosse uma boa ideia. Talvez ela soubesse me ajudar. Ou, talvez, eu devesse ir apenas para me despedir.

Não. Não daria certo.

– Podemos voltar ao francês? – perguntei envergonhada.

– Claro – ele disse sem hesitar.

Senti-me melhor só de não ter que falar sobre meus problemas. Talvez falando sobre outras coisas pudéssemos voltar às risadas que estávamos dando antes de começar aquele assunto.

– Só quero que você saiba que se precisar de qualquer coisa... – começou. – E quando digo qualquer coisa, quero dizer *qualquer* coisa mesmo, pode contar comigo.

Olhei para ele e sorri, um sorriso sincero. Ele colocou seu braço na lateral do banco deixando um espaço enorme entre nós. Quis preencher aquele vazio desesperadamente.

Esquivei-me no banco, Miles me olhou com curiosidade e colocou seu braço em torno de mim.

Fechei os olhos e apoiei minha cabeça em seus ombros. Não consegui sentir mais nada que fosse ruim ou triste. Nem tristeza, nem dor, nem vazio.

Apenas senti o mundo girar devagar.

20

O sol brilhava intensamente no céu. Sua luz era tão forte que eu tinha que cobrir meus olhos com as palmas das mãos.

Levantei, ainda com as mãos sob meus olhos, e caminhei sem direção por um tempo.

De uma hora para outra, a luz do sol desapareceu e as estrelas tomaram conta de todo o céu. Tirei minhas mãos dos olhos e olhei ao redor.

Eu estava em um campo vasto e desértico. Não havia nada além de mim, grama e as estrelas. Onde eu estava? Como voltaria para casa?

Luzes interromperam meus pensamentos batendo em meu rosto e vi uma grande roda-gigante ao longe. Corri por um tempo, mas, cansada, parei.

Cheguei até a roda-gigante mais rápido do que eu esperava e encontrei Miles. Sem perceber, o abracei e me deixei levar por seu perfume.

– Eu te protegerei e estarei com você em todos os lugares onde você for – sussurrou Miles em meus ouvidos.

Acordei com a luz do sol batendo em meus olhos tão forte quanto estava no meu sonho. Franzi o cenho tentando raciocinar onde estava. Olhei para o lado e vi Miles. Olhei para o outro lado e vi peônias.

Miles. Peônias.

Eu caíra no sono na noite anterior e dormira na casa de Miles. Ou melhor, dormira no jardim de inverno. Tentei me levantar, mas os braços de Miles ainda estavam em torno de meus ombros. Suspirei.

Precisava ligar para Callie e avisar que ela e sua mãe teriam que me acobertar caso meu pai ligasse para elas.

Miles abriu um dos olhos e sorriu enquanto bocejava. Saltei do banco num pulo rápido como se eu tivesse me assustado.

– Meu Deus! – dei um grito fraco.

Miles me olhou confuso e, então, arregalou os olhos, percebendo minha reação e o porquê dela. Ele olhou para o meu cabelo e riu. Lembrei que, talvez, eu estivesse com o cabelo em estado crítico, então levantei as mãos e o prendi com um nó.

Eu estava boquiaberta.

– O que sua tia vai pensar quando descobrir que dormi aqui? – perguntei assustada. – Por que eu dormi aqui, Miles? – perguntei mais para mim do que para ele.

– Caímos no sono, acho. – Ele disse se espreguiçando e sorrindo.

Aquele sorriso era tão...

Não. Agora não.

– E agora? E-Eu...

– Calma, Ari, você só dormiu aqui e... – começou. – Ah, meu Deus! O que minha tia vai falar?

Fiz uma cara de assustada. Eu nem conhecia direito a mulher e já dormia no jardim de inverno dela? Isso não era normal.

Como pude ser tão descuidada e chegar a dormir em um banco de madeira com Miles? Precisava sair logo dali e ir para a casa de Callie. Daphne, mãe de Callie, com certeza me acobertaria se eu pedisse. Precisava sair logo dali.

Peguei meu celular e vi as horas. Eram 6h17 da manhã. Eu não costumava acordar àquela hora, mas o sol devia ter me despertado.

– Tudo bem, preciso ir – disse colocando meu celular no bolso e pegando a mochila que eu havia levado com os livros que não usamos.

Miles concordou. Levantou do banco e começou a caminhar comigo pelo caminho de pedras e troncos que levava até a cozinha.

Ao abrir a porta, Miles deu um passo para trás e a fechou com cuidado.

– O que houve? – perguntei.

– Minha tia já está na cozinha – falou cerrando os punhos. – Para que ela acorda tão cedo no sábado? – quase gritou.

– E agora? – sussurrei.

Ele acenou com a cabeça sinalizando para que eu o seguisse. Demos a volta no jardim e chegamos perto de uma cerca de madeira branca, que ficava perto dos cactos. Tinha mais ou menos a metade da minha altura. – Você quer que eu *pule*? – perguntei com os olhos arregalados.

Ele assentiu, gargalhando baixo para que Esther não pudesse ouvir.

– É como uma saída de emergência – disse rindo.

Dei uma risada fraca e saí do jardim. Já estava na calçada, tentando lembrar onde eu havia estacionado o carro, quando Miles me puxou. Encontrei seus olhos cravados em mim e sorri.

– Você vai voltar? – falou Miles olhando dentro dos meus olhos. – Voltar para me ajudar no francês, quero dizer.

Olhei para suas mãos agarradas em meus braços e sorri.

– Não. Você é ótimo no francês.

21

– Você gosta dele? – Callie perguntou de imediato quando abriu a porta e se deparou comigo.

– Não – respondi sem hesitar.

– Olha ele ali – ela apontou, arregalando os grandes olhos verdes e apontando para algo além de mim.

– Onde? – perguntei ansiosa enquanto me virava para a rua para ver se realmente Miles estava ali.

Ele não estava. Só havia alguns carros na rua naquela manhã. Não acredito que Callie tinha conseguido me enganar. Senti um desapontamento estranho crescer dentro de mim.

– Você gosta dele – exclamou Callie com um sorriso no rosto. – Isso é maravilhoso!

Revirei os olhos e entrei pela porta da casa de Callie. Pelo visto, a mãe dela ainda não tinha acordado. Não achei nada estranho, pois ainda eram 7h40 da manhã e normalmente ela só ficava disposta depois das duas da tarde.

– E como foi a noite? – perguntou Callie com um sorriso malicioso, quando entramos em seu quarto.

Hesitei em responder.

– Meu Deus! Não me diga que... – Callie começou.

– Callie! – repreendi-a.

– Como foi? – questionou ela.

– Eu ia voltar para casa, mas, sem querer, Miles e eu caímos no sono – respondi.

– Se eu fosse Miles, nunca mais te chamava para "estudar". – Fez sinal de aspas com os dedos e continuou: – Pensei que seria mais interessante.

Deitei na cama e olhei para o criado-mudo, que combinava com a decoração rosa do quarto de Callie, e vi um pedaço de papel meio amassado. Desamassei-o e vi um pequeno lembrete que Callie escrevera para ela mesma com sua letra desleixada.

Querido coração, há outros garotos no mundo.
Com amor, Callie.

Pelo menos ela estava seguindo em frente, pensei.

– Você já... – comecei.

– Eu ainda não vi os dois juntos – explicou se deitando na cama ao meu lado. – Não sei como vai ser quando isso acontecer.

Assenti. Ela respirou fundo e gargalhou.

– Peter Harrison me chamou para sair!

– E você vai? – perguntei hesitante. – Você acabou de terminar um relacionamento e já vai sair com outro cara?

– Vou – gargalhou ela. – Tenho que seguir em frente e, graças a Deus, Peter é um gato!

Eu ainda não acreditava em como Harry tinha sido tão idiota a ponto de trair Callie, uma garota linda, engraçada, inteligente e perfeita.

Ele precisava *sentir* o que havia perdido.

– Temos que planejar uma vingança! – soltei um suspiro.

– Quem é você? – berrou Callie, rindo. – A Ariane que conheço jamais falaria algo assim.

– Estamos em um caso extremo – concluí. – Vamos nos vingar!

Callie adorou a ideia. Mas como nos vingaríamos? Fomos procurar no Google e encontramos um blog com o tema: *1001 Formas de se vingar de um ex-namorado babaca.*

– Eu ia adorar raspar a sobrancelha dele! – Callie disse gargalhando.

– Isso é muita crueldade! – falei hesitante.

Callie fez uma cara de "você quem me deu a ideia e agora está dando para trás?".

– Mas esse é um caso extremo. E ele merece.

– Ele vai sofrer. Muito.

Gargalhamos enquanto procurávamos mais formas de nos vingarmos. Tudo bem, estávamos levando aquilo muito a sério, talvez devêssemos maneirar um pouco, mas, qual é? Harry tinha sido muito babaca, ele merecia um pouquinho de crueldade.

Fizemos uma lista das melhores vinganças e saímos de casa. Entramos no meu carro e partimos em direção à casa de Harry. Estava quase na hora do almoço e Callie me garantiu que naquele horário a única pessoa que estaria em casa seria Harry, porque seus pais iam à igreja pela manhã de domingo e ficavam ausentes até tarde.

Estacionei o carro quatro casas de distância da casa de Harry e fomos até lá. Callie segurava a lista nas mãos e carregava uma mochila que guardava tudo o que usaríamos para a vingança.

– Por onde vou começar? – Callie se perguntava em voz alta, com um sorriso malicioso nos lábios.

A casa de Harry era uma típica casa nova-iorquina. Era branca e bem espaçosa e havia um jardim com pequenas flores delicadas na frente da casa com uma cerca branca em volta.

O carro de Harry estava mal estacionado na frente da casa, o que indicava que ele realmente estava lá. Callie abriu a bolsa e tirou um pequeno canivete. Arregalei os olhos. O que ela faria?

– O que você vai fazer? – sussurrei alarmada.

– Harry adora esse carro – riu Callie.

Atravessamos a rua e nos escondemos em um dos arbustos. Eu não conseguia parar de rir. Callie me mandou ficar quieta, mas não teve como.

Era dia, então estranhei que a rua estivesse tão pouco movimentada como estava. Callie andou agachada perto do conversível vermelho e enfiou, sem dó alguma, o canivete em um dos pneus do carro.

– Callie – sussurrei –, você é louca!

Ela riu e continuou a golpear todos os pneus do carro. Eu conseguia ouvi-los murchando enquanto Callie atacava mais um dos pneus.

Ela levantou e suspirou aliviada. Deixou a ponta do canivete um pouco menor e passou por toda a lateral do carro quatro vezes, riscando a lateria. Depois escreveu em grandes letras: PENSE DUAS VEZES DA PRÓXIMA VEZ!

– Não acredito que você fez isso! – exclamei. – Ele pode te denunciar.

– Só se ele não tiver medo de perder uma das sobrancelhas.

Vendo Callie sair correndo em direção à porta da frente da casa de Harry, me dei conta de que mostrar aquele blog não tinha sido uma boa ideia. Apressei-me para chegar até ela.

– Vamos embora, você já riscou o carro dele, Callie – eu disse relutante.

– Ah, não! – rebateu. – Preciso esclarecer algumas coisas para que ele nunca mais faça isso com ninguém.

Assenti, insegura do que Callie poderia fazer a seguir.

– Toque a campainha quando eu mandar e faça o que combinamos.

Lembrei-me do combinado e fiz que sim com a cabeça.

Verificamos pela janela onde Harry estava e o localizamos na sala de estar. Ele estava assistindo algo na TV enquanto comia alguma coisa estranha e bebia refrigerante.

A casa de Harry só tinha um andar, o que facilitava as coisas para Callie. Toquei a campainha quando Callie estava posicionada no local certo e esperei.

Pela janela, vi Harry se espreguiçar no sofá e se levantar devagar.

– Ariane? – ele perguntou estranhando minha visita quando abriu a porta.

– Eu mesma – disse com um sorriso no rosto.

– O que faz aqui? – perguntou coçando a cabeça.

Fiz um sinal de "vai" com as mãos para Callie e ela deu a volta na casa de Harry para continuar com o plano.

– Eu vim te pedir um conselho – falei.

– Um conselho? – questionou. – Sobre o quê?

– Bom, estão todos falando que eu definitivamente preciso de um namorado... – comecei a falar e gesticular a história que Callie tinha inventado. – E eu queria saber se você poderia me ajudar...

– Foi mal, Ari, mas já tenho namorada! – ele disse sem graça.

Meu Deus, como ele era burro!

– Eu sei, gênio – falei com ironia, mas com um sorriso no rosto para tentar disfarçar. – O que estou querendo dizer é que... Bom, você é um menino e sabe do que eles gostam, você poderia me dizer o que eu posso mudar em mim para que eles gostem de mim.

Eu não acredito que tinha falado isso. Agora ele pensaria que eu era uma mal-amada e que nenhum garoto me achava bonita. *Argh!*

Harry gargalhou.

– Ah, sim – começou. – Eu posso te ajudar. Você quer entrar?

– Não! – falei alarmada. – Você pode me falar aqui mesmo. Tenho que voltar pra casa logo.

– Tudo bem – falou de forma irrelevante.

No fundo da sala havia uma grande janela. Vi Callie, literalmente, pular e entrar na casa de Harry. Segurei uma risada. Callie andou na ponta dos pés, para não fazer barulho, até o sofá onde Harry estava, tirou do bolso um saquinho com um pozinho branco e despejou-o no copo com refrigerante de Harry.

Ai, meu Deus. O que era aquilo?

– Cortar o cabelo seria uma boa, Ari. Ah, claro, você poderia emagrecer uns quilinhos – continuou Harry.

Olhei para ele indignada. Ele havia me chamado de gorda?

– Você também poderia queimar todas as suas roupas e, talvez, pudesse passar um pouco mais de maquia...

– Tudo bem, Harry, entendi – falei, quando vi Callie pular a janela para sair da casa. – Obrigada pela ajuda, vou tentar melhorar.

– Tudo bem – ele riu. – Vão cair em cima de você, pode apostar.

Olhei para ele com desprezo e continuei a andar em direção ao meu carro. O que a expressão "cair em cima" significava? Eu precisava atualizar meu vocabulário.

Entrei no carro e trinta segundos depois Callie entrou gargalhando.

– Você vai drogá-lo? – gritei abismada.

Callie gargalhou.

– Não, amada! – falou rindo. – Eu coloquei laxante no refrigerante.

– Eu não acredito! – falei rindo. – Tudo bem, mas você colocou a carta de declaração na cama dos pais dele? – perguntei.

– Quando o senhor e a senhora Willians voltarem da igreja, vão saber oficialmente que o filho deles saiu do armário – disse Callie gargalhando enquanto eu dava partida no carro.

Antes de sair de casa, Callie e eu imprimimos uma carta em que Harry falava aos seus pais que tinha virado gay. Eu disse a Callie que aquilo era muita maldade, mas ela insistiu.

– E agora? – perguntei.

– Vamos pra escola – respondeu.

– Hoje é domingo. Está fechada – suspirei.

– Daremos um jeito.

Achei melhor não discutir. Dirigi até a escola e, quando chegamos, Callie disparou para fora do carro e correu para as portas laterais, que só os faxineiros e funcionários utilizavam.

– Você vai arrombar, não vai? – perguntei insegura.

– Não. – Callie soltou uma risada. – Eles nunca trancam essas portas. O zelador Phillip sempre diz que não é preciso.

Callie empurrou a porta e, como num passe de mágica, ela se abriu. Entramos na escola e caminhamos até os corredores.

Era muito estranho estar na escola em um dia que não haveria aula. Não havia barulho, nem passos, nem gritos, nem conversas, só eu e Callie correndo em direção ao armário de Harry.

Encontramos o armário de Harry e começamos a decorá-lo com fitas coloridas, plumas rosas e muito – mas muito mesmo – brilho.

– Se Harry descobrir que fomos nós, ele e Natallie nos matarão! – soltei um suspiro.

Callie me olhou com indiferença e gargalhou baixo para que o zelador Phillip não ouvisse ou desconfiasse de nada.

– Eles não vão descobrir que fomos nós, querida – garantiu ela. E se, por um acaso, ele descobrir, não fará nada, a menos que queira que eu queime seu precioso conversível.

Sinceramente, eu esperava nunca decepcionar Callie.. Ela, provavelmente, rasparia meus cabelos.

– Você deveria ter me avisado que passaria a noite com Callie! – exclamou meu pai, no exato momento em que entrei pela porta.

– Eu esqueci, me desculpe! – Tentei soar calma para não parecer tão mentirosa quanto eu estava sendo.

– Tudo bem – ele disse se virando para encarar o computador.

Não disse mais nada. Ele estava sofrendo muito por Hayley e eu sabia que aquela hora não era uma das melhores para conversar sobre... Aquela não era uma hora para conversar sobre nada. Nada. Hayley, transplante, saudade, passar a noite fora, sendo com Callie ou um menino que ele vira apenas uma vez. Não era o momento. Entrei no meu quarto e me joguei na cama.

Quando Hayley morreu, por um momento, senti esperança. Sei que em outras mentes aquilo poderia soar egoísta e até maldoso, mas em minha cabeça fazia tanto sentido.

Ela havia dito que, se pudesse, me ajudaria. Se pudesse, daria seu coração por mim. Ela estava viva, não podia me doar o coração. Mas então, de uma hora para outra, ela se foi e tudo o que ela havia dito começou a se juntar em minha mente e fazer sentindo. Ela conseguiria me salvar. Mas ela não era compatível. As lágrimas vieram, mas não deixei que escapassem.

Naquele momento me imaginei. Eu era uma menina comum de dezessete anos, com uma doença terminal, caindo aos prantos a todo o momento porque sofria muito ao não encontrar um coração que fosse compatível com o dela. Ela precisava encontrar um coração compatível rápido e urgentemente para ela, finalmente, poder viver sua vida normal e sem graça.

Eu não queria ser aquela menina que ultimamente eu tinha sido. Desde pequena meu sonho era fazer tudo diferente e marcar presença onde quer que eu fosse. Mas, imaginando aquilo, eu não estava marcando presença alguma.

Eu não ia continuar naquela tristeza sem fim. Eu lutaria. Lutaria bravamente por um coração compatível e sairia daquele problema. Aquele era apenas mais um obstáculo que eu precisaria enfrentar em meio a tantos outros.

Acho que quando nascemos, cada pessoa já tem seu futuro predestinado por outro alguém, talvez Deus. Cada pessoa já nasce com seu destino. Mas todo caminho tem uma consequência, boa ou ruim.

E não importa qual é essa consequência, o que importa é que o nosso destino não pode ser adiado por causa de um simples contratempo, não pode ser adiado por causa de alguns meros problemas. E eu não deixaria um simples contratempo adiar o grande e maravilhoso destino que eu havia me esforçado muito para, um dia, finalmente tê-lo.

Eu conseguiria vencer todos os meus problemas. Conseguiria passar por todos os contratempos e, no final, ficaria bem. Com esse pensamento, minha mente ficou leve e toda aquela tristeza, que eu pensara que fosse sem fim, sumiu. Senti-me bem por isso. Porque de dor e sofrimento o mundo já está cheio.

E eu conseguiria. Conseguiria fazer aquilo. Não importa o que pensariam de mim. Eu faria o que eu quisesse e procuraria apenas a felicidade. E então, em um repentino pensamento, aceitei a proposta, antecipando a feita, de fato, por Miles.

22

Sentei-me em um dos bancos do corredor da escola para esperar por Callie. Seria difícil ver Harry e Natallie juntos e pensei que se eu estivesse com ela seria mais fácil. Eu sabia que quando eles chegassem não estariam tão bem quanto precisariam por causa das vinganças maldosas que Callie e eu armamos, mas, mesmo assim, seria muito difícil para Callie, imaginei.

Vi os longos cabelos castanhos de Callie logo que ela apareceu no corredor. Ela estava linda, com os cabelos em perfeita ordem e com o rosto tilintando alegria. Callie segurava a mão de Peter, que também era muito lindo.

– Oi, amada! – ela gritou no meio do corredor.

– Oi, Callie – falei sorrindo por ela estar tão feliz.

Eu pensei que ela ficaria arrasada quando visse, pela primeira vez, Harry e Natallie. Mesmo com as vinganças, ela ainda poderia sofrer.

– Você conhece Peter, não conhece? – questionou Callie.

– Fazemos Inglês juntos – disse assentindo e sorrindo.

Ele sorriu, tímido.

Callie se aproximou e sussurrou em meu ouvido:

– Planejei a última vingança sozinha.

– Ah, meu Deus. O que você fez? – disparei.

– Nada de mais – garantiu ela sorrindo.

Não acreditei naquilo. Callie era um tanto... cruel.

– Vamos, Peter, senão nos atrasaremos para a aula – Callie suspirou entediada enquanto puxava Peter.

– Você vem, amada? – perguntou.

– Estou esperando por Miles. Preciso falar com ele – falei hesitante.

Callie me olhou com um olhar malicioso e fez uma cara de "até que enfim". Neguei com a cabeça, mas, pela sua expressão, ela não acreditou. Puxou Peter pela manga de novo e me deixou o último sorriso malicioso.

– Ariane Sparks – Miles me cumprimentou.

– Sabe, eu não sei por que você me chama pelo nome completo – retruquei.

– Porque eu quero – ele falou com *aquele* meio sorriso perfeito. – O que você queria falar comigo? – perguntou ele se lembrando da mensagem que eu tinha enviado no dia anterior.

– Preciso que você me leve até Los Angeles – falei rápido para não me arrepender.

Ele arregalou os olhos e fez uma cara diferente. Arrependi-me na hora e estava pronta para falar que havia mudado de ideia.

– Eu sempre quis ir a Los Angeles! – exclamou animado.

– Isso é um sim? – perguntei insegura.

– Com certeza! – falou. – Quando vamos?

– Amanhã pela manhã.

Ele arregalou seus olhos mais uma vez e mordeu o lábio inferior, pensativo.

– Mas amanhã tenho que entregar o trabalho de literatura... – começou.

Desviei o olhar para ele não perceber minha decepção. Olhei para o meu tênis e me assustei. Eu precisava lavá-lo urgentemente.

– Estou brincando, Sparks – gargalhou Miles enquanto se levantava. – Estarei na sua port... Estarei em sua janela às seis, amanhã – arrumou.

– Acho que seria melhor você... – comecei, mas fui interrompida por gritos e risadas vindos do corredor ao lado.

Miles e eu nos entreolhamos e nos apressamos para ver o que estava acontecendo.

Deparei-me com um amontoado de pessoas em volta de algo. Estreitei os olhos e percebi que o centro da roda eram Harry, Natallie e um... *stripper?*

Cheguei mais perto para ouvir o que estavam falando.

– Você só pode ter se enganado, cara – disse Harry para o homem musculoso, de cueca e gravata borboleta.

– Não, não – falou o homem. – Contrataram meus serviços e disseram que eu deveria vir aqui e procurar por um tal de Harry Willians.

– Harry, eu não acredito que... – Natallie começou a gritar.

– Juro que não contratei nenhum *stripper*, Natallie – jurou Harry.

– Contratou, sim – falou o homem.

Harry negou com a cabeça. Dava para ver em seus olhos a vergonha e a humilhação. Callie tinha ido muito longe. Talvez não muito longe. Harry merecia.

– Se vocês não vão precisar de mim, acho que já vou indo – começou o homem. – Mas preciso do meu pagamento.

– Que pagamento? – questionou Harry, assustado.

– O combinado.

Harry, indignado, pegou sua carteira no bolso de trás e tirou algumas notas.

– Acho que vamos perder o baile – sussurrou Miles em meu ouvido.

23

— Só estou falando que você foi longe demais dessa vez – me expliquei pela milésima vez.

– Depois de tudo o que ele fez comigo, você não acha que ele merece pelo menos um pouco de humilhação? – Callie questionou, gritando tão alto que tive que afastar o celular.

– Eu sei que ele merece, Callie, mas o que estou dizendo é que...

– Tudo bem, eu entendi – cedeu. – Eu não vou planejar mais nenhuma vingança. Até porque minha mãe me disse que a senhora Willians contou que Harry ficou com dor de barriga o dia todo ontem e que ficou muito chateado quando descobriu que algum vândalo estragou seu carro – Callie gargalhou. – Mas, tudo bem, eu te prometo que não vou mais fazer mal algum a ele. Que ele seja feliz com Natallie.

– Mas eu estou querendo dizer... – tentei mais uma vez.

Sem sucesso.

– Eu entendi – ela falou. – Vou seguir em frente. Amanhã sairei com Peter.

– Tudo bem – desisti.

– Preciso desligar, amada – falou Callie. – Acho que minha mãe colocou fogo na cozinha. Você sabe que ela nunca foi muito boa nisso.

Desliguei o celular e coloquei-o em cima da escrivaninha.

Eu ainda não havia arrumado minha mochila para a viagem.

Pensei que aquele dia nunca fosse chegar. O dia em que eu finalmente reencontraria minha mãe. O dia em que eu a abraçaria mais uma vez, o dia em que eu...

Então perguntas me vieram à cabeça: o que eu estava indo fazer em Los Angeles? Quando eu chegasse na casa dela, o que falaria? O que eu realmente estava indo pedir?

As perguntas começaram a me assombrar. Mas não tinha como voltar atrás. Levantei da cama e comecei a arrumar minha mochila.

Vi Edward, o carro da tia de Miles, virar a esquina. Peguei minha mochila e abri a janela. Algumas semanas atrás eu havia pulado a janela para ir a um parque de diversões, agora estava pulando a janela para sair em uma viagem para o outro lado do país.

Cheguei ao chão com mais facilidade do que da última vez. Miles estacionou o carro na minha frente, na calçada, desceu do carro e me olhou com um sorriso.

– Eu tenho uma leve impressão de que você não contou para o seu pai sobre essa viagem – falou Miles apoiando os braços no teto solar do carro.

– Eu deixei um bilhete – respondi entrando no carro.

Ele sorriu de um jeito fofo e entrou no carro, dando a partida e ligando o rádio ao mesmo tempo.

– Você sabe como chegar a Los Angeles? – perguntei insegura.

– Acho que para isso servem as placas – gargalhou.

– Dê graças que eu trouxe um mapa – avisei.

O sol ainda estava nascendo e sua luz refletia em nossos rostos. Miles abriu o teto do carro deixando-o como um conversível e colocou um óculos de sol.

Olhei para ele e gargalhei para não deixar transparecer que eu havia achado ele lindo naquele momento.

– Eu sou extremamente atraente, não sou? – perguntou, gabando-se.

– Como?

– Você não para de me olhar! – ele gritou rindo.

– Ah, isso? – tentei desviar o assunto. – Só estou pensando.

– Em como seu pai vai ficar quando descobrir que você está atravessando o país com um irresponsável como eu? – questionou ele.

– Quase isso. – Forcei uma risada.

Antes de sair de casa, desci até a cozinha e deixei um bilhete na mesa.

Precisei fazer isso. Sinto muito por decepcioná-los, mas é questão de vida ou morte, literalmente.

Se quiserem me procurar, estarei em Los Angeles com minha mãe.

Preciso passar um tempo com ela.

Com amor, Ariane.

24

A viagem já durava algum tempo e eu estava morta de fome.

– Tudo bem – comecei –, vamos combinar que essa viagem está sendo feita para que eu possa viver, mas, sinceramente, acho pouco provável eu chegar viva até Los Angeles. Vou morrer de fome, Miles. – Ele sorriu com meu exagero. – Pare no primeiro restaurante que encontrar.

– Às suas ordens – falou de forma gentil.

Miles dirigiu por mais alguns quilômetros e, finalmente, avistei uma grande placa verde na ponta da estrada com os dizeres: “O melhor hambúrguer de toda a Pensilvânia.”

Miles dirigiu em direção à placa e parou o carro no pequeno estacionamento feito de pedra. A lanchonete era feita de pedras e, no mesmo momento, quis entrar no carro de novo e procurar outro lugar. Não me parecia que *naquele* lugar teria o melhor hambúrguer da Pensilvân…

Pensilvânia? Estávamos viajando apenas há quatro horas e já estávamos na Pensilvânia? Se continuássemos assim, chegaríamos a Los Angeles em um dia, porque, pelas minhas contas, demoraríamos dois dias para chegar.

Meu estômago roncou em minha barriga. Eu estava morrendo de fome. Ignorei o fato de aquele lugar me parecer sujo e estranho e entrei, ao lado de Miles, pela grande porta de vidro.

Miles pediu um hambúrguer normal com batatas fritas e um refrigerante. Pedi o mesmo, mas com um hambúrguer maior. Não liguei para o fato de que Miles poderia me achar gulosa ou gorda. Eu estava com fome.

Felizmente eu estava enganada. Aquele, sem dúvida, era o melhor hambúrguer que eu já tinha comido na vida. Não era só o melhor hambúrguer da Pensilvânia, era o melhor hambúrguer do mundo.

Tudo bem, admito que sou muito exagerada, mas eu realmente amei aquilo e pediria mais dois se não fosse por Miles, que estava me olhando comer aquele hambúrguer enorme com muito apetite.

– Nunca em toda minha vida vi uma menina comer tão rápido e com tanto apetite – falou ele rindo.

Coloquei o hambúrguer no prato e limpei a boca com o guardanapo.

– Eu não sou uma menina comum – garanti.

– Sim, já percebi isso – suspirou aliviado.

Peguei o hambúrguer novamente e mordi mais um pedaço.

– Meu pai me disse que eu não sou normal. Sou, no mínimo, estranha – suspirei rindo. – Ele disse que eu devo parar com essas comidas gordurosas e cheias de gorduras trans por causa do coração, mas não vejo problema algum.

Miles gargalhou e discordou.

– Você não deveria comer tanta fritura, concordo com seu pai – falou. – Não é à toa que precisa de um novo coração.

Achei graça.

– Hummm. – Aquilo era maravilhoso. – Adorei esse hambúrguer, meu Deus!

Miles gargalhou e assentiu mordendo outro pedaço do seu hambúrguer.

– Ele desistiu de tentar me fazer comer verduras ou frutas – recomecei depois que mordi mais um pedaço. – Ele disse que eu sou incapaz de parar de comer porcarias.

Miles assentiu enquanto mastigava.

– Mas discordo dele. Posso parar de comer quando e onde quiser – falei decidida. – Mas não agora.

Aquele, sem dúvida, era o melhor hambúrguer que eu já tinha provado na vida, e o maior também. Demoramos um pouco até terminar de comer tudo e, então, pedimos a conta.

Antes de sair de casa e entrar nessa grande aventura com Miles – *Ok, vamos parar* –, abri minha caixinha roxa que ficava atrás dos meus livros e peguei todas as minhas economias. Não era nada mais do que duzentos e setenta e três dólares, mas já era alguma coisa. Pagamos a conta e fomos para o carro.

A estrada estava muito mal movimentada, o que nos adiantou um pouco. Miles ligou o rádio e uma música muito boa começou. Encostei minha cabeça no banco – gostaria de poder encostar a cabeça no vidro do carro, como eu sempre fazia em longas viagens com minha família, mas o modelo do conversível não permitia – e, sem querer, dormi.

Fui acordada pelo vento que bagunçava meu cabelo. Ainda estava de dia, olhei no meu celular e eram 17h39. Peguei Miles me olhando com um sorriso.

– Onde estamos? – perguntei me espreguiçando.

– Em algum lugar entre Nova Iorque e Los Angeles.

Ainda grogue, olhei em volta para ver se havia alguma placa escrito que estávamos em algum lugar entre Nova Iorque e Los Angeles. Pisquei algumas vezes e, finalmente, despertei do meu transe psicológico causado pelo sono.

– Você não sabe onde estamos? – disparei.

– Claro que... – Miles olhava para a estrada movimentada – não.

– Você só pode estar... – comecei.

Alcancei minha mochila no banco de trás e peguei o mapa. Fitei-o e não entendi nada.

– Vamos morrer! – suspirei.

– Eu ainda não consigo entender como você consegue ser tão exagerada – falou Miles gargalhando. – Só precisamos pedir ajuda.

– Para quem? – questionei.

– Vamos encontrar algum posto de gasolina ou a próxima placa, tanto faz – falou calmamente.

Tentei me acalmar. Não tinha por que me preocupar, eu acreditava de todo o meu... bem, coração que Miles conseguiria ir e voltar de Los Angeles a Nova Iorque, ou vice-versa. Conseguiríamos chegar em Los Angeles se não fosse por Edward, o carro da tia de Miles.

Ouvi um barulho estranho que parecia um estouro ou um tiro. Assustei-me e olhei ao redor para ver de onde vinha. Miles também checava de onde vinha o barulho, mas não encontramos nada. Até que começou a sair uma fumaça muito densa da parte da frente do carro.

– Miles...

– Droga! – bufou.

Miles parou o carro em um acostamento e desceu do carro resmungando. Ele abriu o capô de Edward e no mesmo instante foi atacado pela fumaça. Ficou muito irritado e falou um palavrão. Achei graça e gargalhei, ele me olhou indignado e depois de um segundo gargalhou também.

– O que faremos? – perguntei hesitante.

– Vou ligar para o seguro – decidiu ele.

Assenti. Peguei meu celular para ver as horas enquanto Miles tentava ligar para o seguro. Haviam se passado poucos minutos desde a última vez em que tinha visto as horas. Nada de interessante, a não ser por uma coisa...

Meu pai ainda não tinha me ligado. Achei que ele ficaria louco para saber onde eu tinha me metido, onde exatamente eu estava, mas parecia que não. Talvez ele pensasse que eu finalmente tinha crescido e podia fazer minhas próprias escolhas e não quis se meter. Mas a questão era que eu precisava dele, eu queria que me ligasse, que implorasse para eu voltar, que dissesse que daria tudo certo depois de contar toda a verdade. Mas ele não tinha ligado.

Suspirei. Olhei melhor para a tela do meu celular e, finalmente, vi o porquê de meu pai não ter ligado. Estava fora de área. Claro, como não tinha pensado nisso? Meu celular era a prova viva de que os serviços daquela operadora ridícula não eram bons o suficiente.

Pensando nisso, imaginei como meu pai estaria naquele momento. Ele estaria desesperado, encabulado. Pensando em mim.

– Disseram que vão mandar alguém para concertar o Eddie – falou Miles entristecido.

– Tudo bem – suspirei.

Miles entrou no carro mais uma vez e suspirou. Ficamos em silêncio por um tempo, apenas escutando os carros passarem por nós.

A luz alaranjada do sol batia em meu rosto. Aparentemente, aquela estrada fora construída em torno de uma grande colina, o que nos proporcionava uma vista quase inacreditável do pôr do sol. Fechei os olhos e encostei a cabeça no banco para absorver tudo o que podia daquele momento.

Miles ligou o rádio e começou uma música suave, que me recordei na hora onde tinha ouvido. Era a música que eu e Miles escutamos no caminho para o parque de diversões. Aquela música era totalmente perfeita. Não era nem calma e nem rápida demais.

– Essa música me dá vontade de dançar – falei em meio a um sorriso bobo.

Os olhos de Miles brilharam por um momento, mas então se apagaram. Sem mais nem menos ele saiu do carro. Estranhei, mas não falei nada porque talvez algum funcionário do seguro do carro houvesse chegado ou algo do tipo.

– Então vamos dançar! – exclamou ele, abrindo minha porta.

– Você está louco? – zombei rindo. – Estamos no meio de uma estrada.

– Qual o problema? – gargalhou.

– Todo! – comecei a rir. – E, além disso, eu nem sei dançar.

– Você pode subir nos meus pés se quiser – começou.

Em um movimento rápido, Miles me tirou do carro e me arrastou até o acostamento. O sol se posicionou perfeitamente em nossos rostos.

– Você não vai fazer isso comigo, vai? – questionei.

– Pegue a minha mão, vou te ensinar a dançar – ele disse com aquele sorriso perfeito nos lábios.

Respirei fundo.

– Tudo bem – cedi.

Miles pegou em uma das minhas mãos com delicadeza, automaticamente coloquei a outra mão em torno do seu pescoço. Nossos rostos estavam perto o bastante para que eu sentisse a sua respiração na minha.

Estremeci quando ele pousou uma de suas mãos em volta da minha cintura.

– Podemos dançar devagar? – perguntei envergonhada.

– Posso te segurar – assegurou ele.

Sorri envergonhada.

Miles apertou suavemente minha cintura e começou a se mover. Movemos no ritmo exato da música. Eu podia ver a alegria em seus olhos verdes.

De repente, senti-me corajosa. Não sei o que deu em mim. Por que me senti assim?

– Entre no clima, sinta e fique firme – falou Miles olhando para meus pés desajeitados.

Sem querer pisei em seu pé.

– Está indo tudo bem por enquanto – gargalhei.

– Você vai ter que me prometer que nunca contará isso a ninguém – falei rindo. – Sou oficialmente horrível dançando.

Ele negou com a cabeça, olhando dentro dos meus olhos.

– Fica apenas entre mim e você, nosso pequeno segredo – respondeu em meio a um sorriso.

Sorrimos um para o outro e me deixei levar pela música. Encostei minha cabeça em seu ombro e aquilo me pareceu a coisa certa a se fazer.

Parecia que, quando estava nos braços de Miles, tudo a minha volta se silenciava e eu me desligava do mundo para me ligar somente a ele.

– Ariane, quero que você saiba... – começou.

– Não estrague tudo, Benet. – Olhei fixamente para ele, sorrindo.

Nossos corações batiam no mesmo ritmo, nossos olhos estavam fixos, nossa respiração estava devagar e podíamos sentir tudo. Estávamos a centímetros de distância, meu rosto estava a milímetros de distância do rosto de Miles. E eu conseguia sentir...

Já era amor antes de ser.

– Sr. Miles Benet? – alguém chamou.

Separei-me de Miles e percebi que a música já tinha acabado fazia tempo.

Um mecânico, mandado pelo seguro, concertou Edward mais rápido do que pensei. Ao que parecia, era apenas um problema na válvula ou sei lá o quê.

Quando entramos no carro novamente, algumas estrelas brilhavam no céu.

25

— Não quero ser chata, mas preciso ir ao banheiro – falei a Miles.

Miles gargalhou e assentiu. Alguns minutos depois estávamos em um posto de gasolina. Havia uma placa enorme mostrando que havíamos chegado em Iowa. Fiquei feliz por nossa viagem estar indo tão bem.

Fui ao banheiro enquanto Miles comprava algumas coisas gostosas para comermos em vez de jantar. Em seguida, estava indo encontrar Miles na pequena lojinha quando avistei um telefone público.

Liguei para casa.

– Alô? – falei.

– Alô... – A voz de Becky invadiu minha mente. – Ariane? Paaaaaaaaaai, é a Ariane! Ah, meu Deus. Onde você está, Ari?

– Como você sabe que sou eu, Becky? – perguntei rindo para não chorar.

– Ariane, chega de papinho. Cadê você? – disse Becky nervosa.

Ouvi um chiado na linha.

– A-Ariane? – gaguejou meu pai.

– Oi, pai.

– Onde você está, filha? – perguntou com delicadeza.

– Iowa – eu disse de olhos fechados.

– I-Iowa? – gaguejou. – E porque você...?

Não o deixei terminar. Sem mais nem menos, contei toda a verdade a ele. Contei a ele sobre o transplante, sobre ter de achar um coração compatível, sobre eu ter tentado conseguir o coração de Hayley depois do acidente e sobre minha viagem. Disse que eu precisava ver minha mãe e... bem, me despedir. Ele ouviu tudo sem falar uma palavra sequer.

– Pai? – perguntei quando terminei minha história.

– Estou aqui.

– Me desculpa – suspirei. – Me desculpe por te decepcionar.

– Não estou decepcionado – falou ele. – Estou até um pouco orgulhoso. Você quis enfrentar seus problemas sozinhas e está correndo atrás. Deu seu jeito para que tudo caminhasse.

– Mas eu...

– Não estou decepcionado – repetiu. – Mas você não pode atravessar o país com um garoto que eu vi apenas uma vez. Vou admitir que gostei dele, mas isso não é motivo.

Não disse nada. Esperei-o continuar.

– Quero que você volte para Nova Iorque imediatamente. Se quiser, eu mando alguém te buscar, eu posso ir. Busco você e Miles onde quer que estejam. Mas quero que vocês voltem. Vocês não estão estruturados para aguentar uma viagem tão desgastante – falou em tom de súplica. – Me prometa que voltará. Sairá imediatamente desse posto, entrará no carro e seguirá em direção à Nova Iorque.

– Sinto muito, pai – sussurrei. – O senhor mesmo disse que estava orgulhoso de mim. Eu estou seguindo meu caminho e tentando fazer o que é preciso para sobreviver. Vou continuar com a viagem.

– Não vou te obrigar – falou desgastado. – O que estou querendo dizer é que aqui podemos te ajudar. Acharemos um coração compatível e você sobreviverá. Só que preciso de você aqui. Não posso cuidar de você estando a mais de mil quilômetros de distância.

Suspirei.

– Pai, me desculpe – desliguei.

Tentei convencer Miles a me deixar dirigir, afinal só era preciso seguir as placas, como ele estava fazendo, mas ele se recusou.

– Você está dirigindo há mais de quatorze horas, Miles! – gritei.

– Eu não estou cansado – falou pela milionésima vez.

Desisti e sentei no banco do passageiro comendo salgadinhos, balas, chocolates e bebendo refrigerante.

Ficamos conversando por longas horas. Conversando coisas normais como amigos, escola, família.

– O que sua tia vai pensar sobre mim depois disso? – perguntei a Miles rindo. – Eu te influenciei a fazer uma viagem até o outro lado do país. Sou uma má influência.

– Não existem más influências. Fazemos as coisas porque queremos – ele falou.

– Você não me disse o que ela falou a você quando você pegou o carro dela – suspirei colocando mais um pedaço de chocolate na boca.

– Ela não sabe – gargalhou. – Somos parecidos, Ari.

– Eu não acredito que você não contou a ela! – gritei rindo.

– Você também não tinha contado nada a seu pai há menos de duas horas – retrucou.

– Mas contei...

– Ela nem vai notar – falou Miles. – Ela foi passar uma semana na casa de uma amiga dela. Vou te contar, essa amiga é muito estranha.

Ficamos conversando sobre assuntos irrelevantes, assuntos sem nexo, sem contexto, sem preocupação. Como se fosse uma viagem normal.

Acordei com uma buzina exagerada. Ao abrir os olhos, deparei-me com dois faróis apontados em minha direção. Olhei para Miles, ele estava com a cabeça cabisbaixa. O caminhão vinha em nossa direção, iríamos bater.

– Miles! – gritei. – Miles!

Ele abriu os olhos entreabertos e olhou para a estrada. Arregalou os olhos. Meu coração estava prestes a explodir.

Em um movimento mal pensado, Miles virou o volante com toda sua força e vontade ao mesmo tempo em que o caminhão ultrapassou nosso carro com toda a velocidade possível. Meu coração estava acelerado. Alcancei minha mochila e o salvador. Inspirei e expirei. Tudo certo.

– Precisamos parar, Miles – falei.

– Me desculpe – ele disse em tom de súplica. – Perdi a noção...

– Não tem problema, você está com sono. Precisamos parar.

Por sorte, dois quilômetros depois avistamos uma parada. Miles estacionou o carro no pequeno estacionamento do hotel e saímos do carro carregando apenas nossas duas mochilas.

Ultrapassamos a pequena porta de correr e entramos no hotel. Uma recepcionista nos recebeu com uma cara de desdém.

– Precisamos de dois quartos – falei ignorando a falta de preocupação que ela teve conosco.

– Estamos lotados – ela disse nos olhando por um momento e voltando a mexer em seu computador antigo.

Não posso mentir, fiquei muito irritada. Miles olhou para mim com seus olhos cansados e sorriu.

– Precisamos de dois quartos – Miles repetiu na mesma tonalidade de voz que a recepcionista usou conosco.

– Só temos uma suíte vazia – ela disse depois de pensar um pouco.

Olhei para Miles. Uma suíte? Eu não ia dormir no mesmo quarto que Miles. Olhei mais uma vez para Miles e vi o quão cansado ele aparentava estar.

– Tudo bem – falei olhando para um ponto fixo para não parecer hesitante.

– A conta precisa ser paga agora – ela falou com aquela voz insuportável. – E vocês passarão apenas a noite porque temos uma reserva para amanhã bem cedo. Estou abrindo uma exceção.

– Tudo bem – falei. – Vamos ver. – Fiz uma conta de cabeça rápida. – Tenho noventa e dois dólares.

Ela arregalou os olhos. Parecia que não seria o suficiente para pagar. Baixei o olhar e fitei meu tênis. Mas, então, vi algo na recepcionista. Seus olhos negros estavam brilhando, ela tossiu exageradamente e tentou arrumar os cabelos enquanto abria o melhor sorriso que tinha.

Ela havia visto Miles.

– Bom, posso... – disse com uma voz graciosa desta vez. – Tudo bem, aqui está a chave da suíte.

Miles pegou a chave e agradeceu enquanto ela tentava se exibir para ele. Revirei os olhos e segui na direção em que ela dissera que era o quarto.

Miles abriu a porta e eu entrei primeiro. A suíte era enorme, decorada com flores por toda parte, a cortina azul-clara era do mesmo tom que o edredom da cama de casal. Havia uma grande porta por trás das cortinas que levava a um pequeno jardim mal-iluminado, com pequenas flores e alguns enfeites delicados.

– Vamos ter que esclarecer algumas regras – comecei.

Miles assentiu rindo.

– Não vamos dormir na mesma cama! – esclareci.

– Ah, por quê? – perguntou em tom de ironia para me provocar.

Gargalhei.

– Então eu que vou dormir na cama – ele disse.

– Ah, não – gritei rindo. – Eu sou a menina e tenho Coronariana.

– Isso é injustiça – suspirou Miles.

Deitei na cama e empurrei Miles, que caiu no chão.

– *Merci* – agradeci em francês.

– Ah, não começa com esse negócio de francês – resmungou.

Gargalhei.

– Você está se aproveitando da sua doença para dormir na cama? – perguntou ele rindo.

– Acho que sim – respondi.

Ele fechou a cara. Admito que fiquei com dó. Ele tinha dirigido o dia todo.

– Então vamos jogar cara ou coroa – falei.

Como se ele adivinhasse o que eu estava pensando, tirou uma moeda de cinquenta centavos do bolso.

– Cara – eu disse.

– Coroa – falou Miles piscando.

Cruzei os dedos enquanto Miles jogava a moeda para cima e a colocava sobre a palma da sua mão.

– Ah, Ari – reclamou.

Olhei do canto dos meus olhos e vi que a moeda tinha virado com a cara para cima.

Eu não conseguia dormir. Revirava-me na cama, mas não conseguia pegar no sono.

– Miles? – sussurrei.

Ele não respondeu.

– Miles? – sussurrei mais alto.

Nada.

Antes de ir para a cama, forrei o sofá com cobertas e edredons para que ficasse mais confortável para Miles. Olhei para ele da minha cama e ele estava dormindo. Naquele momento, ele devia sonhar com alguma coisa boa. E eu não conseguia nem sequer fechar o olho.

– Miles? – tentei de novo.

Argh!

Levantei da cama, abri a porta que ficava escondida atrás da cortina e saí para o pequeno jardim da suíte. Eu nunca tinha visto uma suíte de hotel ter um jardim particular, era a primeira vez. Gostei daquilo, pois era um jardim lindo e confortável.

Havia alguns lírios no canto do jardim, o que deixava o lugar ainda mais meigo. A noite estava agradável, o ar úmido facilitava minha respiração. Deitei-me na grama e fitei o céu coberto por estrelas.

Deixei meus pensamentos vagarem livremente pela minha mente. Mas tinha algo que eu não conseguia entender.

Se eu fosse Miles, não faria por mim o que ele estava fazendo. Ele estava sendo tão gentil, legal e... muito bom.

– Você já contou estrelas? – Uma voz, que eu reconheceria em qualquer lugar, me perguntou.

Levantei minha cabeça para ter uma visão melhor de Miles. Seu cabelo estava mais bagunçado do que o normal, o que o deixou com um aspecto mais convidativo.

– Nunca contei estrelas – garanti sorrindo. – São muitas.

– Vamos tentar – ele disse se deitando ao meu lado na grama.

Assenti. Ele se deitou bem próximo de mim, mas não tanto para poder me tocar.

– Uma, duas, três... – ele começou a contar apontando para as estrelas.

Ele sorriu quando me pegou olhando para ele. Olhei para as estrelas para não hesitar.

– Vinte e duas, vinte e três... – continuou quando reparou que eu havia voltado a fitar as estrelas.

– Espera! – gritei baixinho. – Isso não vai dar certo. Você já contou aquela estrela umas quatro vezes.

Ele gargalhou.

– É mesmo? – questionou rindo. – Acho que você tem razão.

– Eu sempre tenho razão – suspirei.

Ele riu, mas não respondeu. Miles fitava as estrelas e parecia pensar em algo. Não queria atrapalhá-lo, então fiz o mesmo.

Eu tinha uma dúvida. Quando chegasse à casa da minha mãe, o que eu faria? Na verdade, eu não sabia nem o porquê de estar indo até ela. Eu esperava que quando a visse, ela soubesse o que fazer ou a quem recorrer... Mas e se não soubesse, o que eu faria?

Se meus planos não dessem certo eu morreria? Meu coração não aguentaria por muito mais tempo...

– Será que meu destino é morrer? – perguntei para mim mesma em voz alta.

– Não! – exclamou Miles indignado.

Vaguei tanto em meus pensamentos que tinha me esquecido de Miles. Olhei para ele e nossos olhares se encontraram.

– Seu destino é o amor – afirmou ele com aquele sorriso perfeito.

Não entendi. Como meu destino seria o amor se eu estava morrendo aos poucos?

– É uma consequência – explicou ele. – Cada destino tem sua consequência e a sua é o amor.

Sorri agradecida. Miles se aproximou um pouco mais e entrelaçou seus dedos nos meus. Estremeci. Olhei para ele e vi um espaço enorme entre nós dois, quis preencher aquela infinidade desesperadamente. Apertei sua mão na minha e ele sorriu, desgrudou os olhos das estrelas e os cravou em mim e, então, me beijou.

Até aquele momento eu não sabia que queria tanto aquele beijo. Ele começou devagar, suave e doce, mas, conforme chegávamos mais perto um do outro, se tornou mais forte, quente e desesperado.

Miles apertou minha cintura, o que me fez estremecer ainda mais e me beijou com paixão. Passei as mãos pelos seus cabelos e deslizei-as até seu pescoço.

– Não vou te perder. Não importa o que aconteça, eu só preciso de você – suspirou Miles me dando outro beijo apaixonado.

Como todas as outras vezes em que estive nos braços de Miles, senti o mundo girar devagar e esqueci de todos os problemas. Eu só conseguia pensar em como eu ainda não tinha me dado conta dos meus sentimentos em relação a ele.

Mas agora eu sabia e não ia me deixar levar por uma simples doença. Agora que eu tinha pelo que lutar, eu lutaria para ter o meu "Para sempre".

Mas o "Para sempre" é composto por agora.

26

Acordamos cedo para chegarmos o mais rápido possível em Los Angeles. Tomamos um café rápido e entramos no carro. Pouco tempo depois estávamos em Denver. Dirigimos mais um pouco e chegamos a Las Vegas e, então, Los Angeles.

O dia passou como um borrão colorido. Chegamos ao nosso destino muito mais rápido do que eu pensei que chegaríamos, fiz as contas e demoramos quarenta e uma horas para atravessar o país de Nova Iorque até Los Angeles. Eu realmente pensei que demoraria muito mais.

Já passava das nove da noite quando finalmente avistamos as praias e as árvores gigantescas. Demoramos um pouco para encontrar a casa em que minha mãe estava morando atualmente – ela havia me passado o endereço há mais de dois anos –, mas quando a encontramos eu, definitivamente, congelei.

– Não vou conseguir, Miles – choraminguei.

– Claro que você vai conseguir – afirmou ele tocando em minha bochecha. – Eu estarei com você e te ajudarei.

– Mas e se ela... – comecei.

– Vai dar tudo certo – insistiu Miles.

Respirei fundo, saí do carro e andei ao lado de Miles em direção à porta daquela casa enorme. A arquitetura era moderna e muito bonita. Bati na porta duas vezes.

Uma menina, um pouco menor que Becky, talvez uns sete ou oito anos, de cabelos e olhos negros, abriu a porta com um grande sorriso no rosto. Perguntei-me se estava na casa certa, mas então avistei aquele rosto que jamais se apagou da minha mente.

– Olá! – saudou a garotinha.

– Olá – respondeu Miles percebendo que eu não seria capaz de falar.

Sob a cabeça da menina vi minha mãe, no fundo da sala de estar, mexer em algumas caixas.

– Desculpa, mas quem é você? – perguntei à menina sem levar em conta o quanto estranha eu poderia parecer.

– Eu quem te pergunto – retrucou ela sem um pingo de educação.

Vi minha mãe levantar o rosto para ver quem eram as visitas em sua porta, foi então que nossos olhares se cruzaram. Ela se levantou depressa e correu para a porta esbanjando alegria.

– Ariane! – gritou sorrindo.

– Mãe... – Me contagiei e sorri também enquanto ela me abraçava fortemente.

– Que saudade, filha! – exclamou ela parando de me abraçar por um momento para encontrar meus olhos.

Nossos olhos tinham a mesma tonalidade, azul-turquesa. Nossos cabelos eram da mesma cor e só se destoavam um do outro pelos cachos leves de minha mãe.

Assenti, radiante. Ela me abraçou forte mais uma vez.

– E quem é você? – perguntou ao Miles com uma voz gentil.

Eu não conseguia tirar o sorriso do rosto. Fazia cinco anos que eu não via minha mãe e agora eu a tinha reencontrado. Aquele momento era especial.

– Sou Miles – disse ele, cumprimentando-a. – Amigo da Ari.

Amigo? Pensei um pouco nervosa. *E desde quando amigos se beijam?*

Mas é claro que Miles tinha dito aquilo por não saber ao certo o que éramos um para o outro. Eu também não sabia.

– Ah, claro... – Minha mãe me olhou com um olhar de "eu não acredito nessa história, não", mas depois de um tempo sorriu novamente e nos convidou para entrar.

Por dentro a casa era enorme e muito linda. A sala era imensa, havia, pelo menos, quatro sofás, cortinas leves cobriam as janelas, tudo era muito arejado por causa do calor de Los Angeles.

Minha mãe sentou em um dos sofás e pediu que eu me sentasse ao seu lado, mas a garotinha foi mais rápida e se sentou primeiro. Sentei-me ao lado de Miles no sofá da frente. Miles contornou minha cintura com seu braço voluntariamente. Minha mãe observou o ato, mas não disse nada, apenas sorriu de um jeito... diferente.

A garotinha cutucou o braço de minha mãe e arregalou os olhos.

– Ah, claro – disse minha mãe. – Essa é Chloe.

– Oi, Chloe – falei gentilmente.

– Me desculpe por ter sido grossa em sua entrada – suspirou Chloe. – Não sabia que você era minha irmã.

Irmã?

– Chloe... – queixou-se minha mãe. – Não é assim que contamos uma notícia.

Não tinha como Chloe ser minha irmã. Primeiramente, ela não se parecia em nada comigo. Sua pele era morena, seus olhos escuros e seus cabelos enrolados.

– Irmã? – questionei boquiaberta.

– Bem, sim – começou minha mãe. – Quer dizer, quase.

Assenti para que ela continuasse.

– Ela é filha do Freddie.

Ah, claro, pensei, *o Freddie sem sobrenome.*

– Minha mãe morreu – falou Chloe com a voz rouca. – Pouco tempo depois, Raven, que agora chamo de "mãe", veio morar em nossa casa.

Os lados da mesma história eram tão diferentes e complicados. Chloe perdeu a mãe, eu também. Chloe ganhou a *minha* mãe e eu não havia ganhado mais ninguém. Por que tinha de ser tão injusto?

Não disse nada. Apenas ouvi minha mãe contar sua parte da história, não que fosse diferente, pelo contrário, era idêntica à de Chloe. Todos ganharam pessoas novas em suas vidas, menos eu, que, ao contrário, perdi em vez de ganhar.

– Ah, já é tarde – suspirou minha mãe.

Peguei o braço de Miles, que ainda estava em torno da minha cintura, e olhei em seu relógio. Eram 22h30.

– Preciso te falar algo... – comecei.

– Pode falar – assegurou ela. – Tudo que você precisar.

– Eu preciso de sua ajuda – disparei.

– Eu te ajudo em qualquer coisa. Não importa o que for – falou. – Podemos conversar na cozinha enquanto coloco a mesa, estávamos arrumando algumas coisinhas e me esqueci do jantar.

Fiz que sim com a cabeça e a segui até a cozinha, deixando Miles sozinho com Chloe na sala de estar.

– Pode começar! – falou ela pegando alguns pratos. – É algo sobre seu namorado? Não venha com "ele é apenas um amigo, mãe", porque sei que não é. O jeito que ele te olha...

– Não é nada sobre Miles – falei rápido com um pouco de humor na voz.

Ela falava comigo normalmente, como qualquer outra mãe. Até parecia que não havia me abandonado.

– Se não é nada com Miles, o que pode ser? – perguntou ela.

– Eu estou com um problema – falei. – Um problema dos grandes.

– Estou de ouvidos abertos – exclamou ela enquanto distribuía os copos pela mesa.

Contei tudo a ela. Contei sobre o que o Dr. Smith havia me falado, sobre Hayley não ser compatível, contei exatamente tudo.

– E, então, planejei uma viajem para o outro lado do país para rever minha mãe. Porque talvez ela pudesse me ajudar ou porque talvez eu devesse me despedir – falei por fim.

Quando eu era criança, assisti a um filme sobre um homem que tinha problemas cardíacos como eu. Ele precisava passar por um transplante, exatamente como eu, mas nada fora planejado, e quando ele estava pronto, digo, necessitando receber o coração, descobriu que o coração que serviria para ele, na verdade, não era compatível. Sua mãe, desesperada e com medo de perder o filho, doou seu próprio coração para ele.

Quando fui para Los Angeles, não tinha a intenção de roubar o coração da minha mãe. Eu apenas queria vê-la e queria que ela me ajudasse a passar por tudo aquilo. Mas acho que uma mãe que realmente ama seu filho doaria seu coração a ele sem pensar duas vezes. Uma mãe que ama o filho não falaria e não faria o mesmo que ela tinha feito.

– Eu não posso te ajudar, sinto muito – falou ela secamente arrumando os talheres em perfeita ordem na mesa.

– Mas eu pensei que... – comecei.

– Pois pensou errado – ela me cortou. – O que achou? Que vindo para Los Angeles eu daria a solução para os seus problemas? Pois saiba que não é assim.

– Sim, eu entendo – falei triste.

– Não, você não entende – gritou alto o suficiente para que somente eu, e mais ninguém, ouvisse. – Você deve estar pensando que sou apenas uma pessoa sendo honesta.

Quando saí de Nova Iorque, pensei no que faria quando conversasse com minha mãe. Eu pediria ajuda ou me despediria dela. Se ela não tinha como me ajudar, teria que fazer a segunda coisa. Eu me despediria dela. Despedir-me-ia da minha mãe.

– Sim, você apenas falou o que deveria. Não ficou alimentando minha mente com falsas hipóteses. Apenas disse a verdade e eu acredito nela – falei sem hesitar.

– Não, Ariane! – falou mais alto. – Não é isso o que uma boa mãe deve dizer a um filho. Você não entende?

– Está dizendo que não é mais uma boa mãe? – questionei.

– Estou dizendo que nunca fui uma boa mãe. Nunca fui uma boa mãe para Matt, nem para você, nem para Rebecca, e nunca vou ser a mãe que Chloe precisará – bufou.

Pensei por um momento no que ela havia dito.

– Você era uma boa mãe – resmunguei.

– Se eu fosse uma boa mãe, não deixaria meus filhos para trás – disse ela com lágrimas que teimavam em cair, mas parecia que nunca deixaria que caíssem.

– Eu não me importo! – falei alto. – Tudo bem que você nos deixou, tudo bem você formar outra família. Eu não me importo. Importo-me com o futuro e não com o passado. – As lágrimas queimavam meus olhos. – Eu te perdoo.

– Eu não estou pedindo perdão – falou ela sem mudar o tom de voz.

Eu não acreditava no que ela estava me dizendo. Não era essa a pessoa que eu pensei ter me amado. Ela respirou fundo, sorriu ironicamente e piscou para afastar as lágrimas, que não caíram sequer uma vez.

– Como você pode falar isso… – falei baixo.

– Quando você era apenas uma criança, descobrimos que você tinha uma doença cardíaca. Não estávamos preparados para isso. O Dr. Smith nos informou sobre sua doença, mas, mesmo você estando no mesmo lugar que nós, não entendeu sequer uma palavra do que ele disse. Não te culpo por isso, você tinha apenas seis anos de idade. – Ela passou a mão pelo coque bagunçado para tentar abaixar alguns fios que saíram do lugar. – O que quero dizer é que, quando saímos do consultório, você me perguntou o que estava acontecendo. Menti dizendo que não era nada de mais, mas você sabia que não verdade.

Ouvi cada palavra que saía da boca de minha mãe. Eu não queria deixar as lágrimas caírem.

– Você me pediu algo que nunca esqueci: "Me conte a verdade, mamãe. Por favor, seja honesta comigo". Como uma menininha de apenas seis anos era tão inteligente e especial? – continuou ela. – Eu te contei a verdade e prometi a mim mesma que, em toda a minha vida, não importa o que eu pensasse ou o que fizesse, sempre seria honesta com você.

Respirei fundo tentando me concentrar em suas palavras.

– Essa foi a única promessa que cumpri, Ariane – suspirou ela. – E nunca vou quebrá-la. Estou sendo franca com você mais uma vez e você não percebe. Você é a única pessoa do mundo que é imune às minhas mentiras. Eu não sou uma boa mãe, fiz tudo errado e continuo fazendo, a única coisa certa que fiz foi fazer essa promessa. Então, me desculpe, mas não posso te ajudar.

Ela ainda estava com um copo na mão quando terminou de falar, piscou algumas vezes e voltou a fazer o que estava fazendo. Não consegui conter as lágrimas. A dor espalhou lágrimas em minha camisa.

– Não seja fraca – disse-me ela com um olhar arrogante –, não chore.

– Pessoas choram não porque são fracas, choram porque vêm sendo fortes por muito tempo – falei com o mesmo tom de voz arrogante enquanto me levantava.

Enxuguei as lágrimas e saí da cozinha. Entrei na sala de estar, Miles e Chloe conversavam sobre algo animadamente. Percebi que Miles tinha algo na mão, mas não tinha certeza do que era, porque as lágrimas tinham deixado minha visão turva. Miles encontrou meus olhos e sorriu, até perceber o que eu estava sentindo.

Isso era uma das características que eu mais gostava em Miles. Ele sempre entendia e *sentia* o que eu sentia sem ter que contar tudo.

Suspirei e passei a mão pelas bochechas para limpar as marcas das lágrimas. Dei um pequeno sorriso em direção a Chloe e saí da casa.

Olhei em volta. Eu não conhecia nada naquele lugar, não sabia onde estava e nem o que fazer, eu só não podia, eu não suportaria, ficar ali por mais tempo.

Reconheci um som fraco vindo de longe. Andei em direção ao barulho por um tempo e encontrei o que eu procurava. As ondas se quebravam quando se entrelaçavam. O vento bagunçou meu cabelo mas não me importei, dei alguns passos e me sentei na areia, perto da água.

Tentei colocar meus pensamentos em ordem enquanto as lágrimas secavam.

Tudo bem, pensei, *você não pode se abalar. O que você estava esperando de uma pessoa que te abandonou?*

O que eu precisava fazer era me acalmar e seguir em frente. Agora que eu tinha pelo que lutar, eu encontraria o que precisava. Nada mais importava. Eu só precisava encontrar outro jeito de continuar vivendo. E eu conseguiria.

Às vezes precisamos esquecer o que queremos para poder enxergar o que precisamos.

– Nunca mais faça isso comigo, por favor – falou Miles se sentando ao meu lado na areia.

– Como me encontrou? – Apesar de tudo, sorri.

– Procurei nos lugares que se pareciam com cenas de filmes – disse colocando o braço em torno de mim.

Encostei minha cabeça em seu ombro e mais uma vez senti como se apenas Miles conseguisse me proteger.

– Eu sinto muito – sussurrou.

– Não sinta – falei, me virando para encontrar seus olhos. – Estou bem.

Ele sorriu e seus olhos brilharam.

– Você é tão corajosa, você passa por tantas coisas e ainda assim continua sorrindo e tentando encontrar uma forma de prosseguir. Me diz como não te amar?

Sorri timidamente e beijei-o, ele se surpreendeu com minha iniciativa, mas se entregou ao beijo. A cada segundo que se passava eu sentia mais vontade de viver. Viver por Miles.

– Não tem como não te amar – ele afirmou. – Eu faria qualquer coisa por você.

– Você tem que parar de fazer tudo por qualquer pessoa – disse em um meio sorriso.

– Não é qualquer pessoa. É você... – ele disse e me beijou mais uma vez.

E então, percebi. Eu realmente era apaixonada por Miles. Eu o amava e viveria por ele. Eu não o amava apenas pelo que ele era, mas pelo que eu era quando estava com ele.

27

Chegamos em Los Angeles com a intenção de passar pelo menos uma noite na casa da minha mãe. Mas, com todos os problemas, decidimos voltar na mesma hora para Nova Iorque.

– Tudo bem, agora nem adianta falar que não. Eu vou dirigir um pouco! – exclamei quando fomos entrar no carro.

– Mas eu... – começou.

– Sem mas – falei rindo.

– Não! – ele falou. – Está muito escuro. Pode ser perigoso.

– Você está querendo dizer que eu não sei dirigir? – disse tentando esconder uma gargalhada.

– Não quero que... – tentou continuar.

– Isso é uma atitude muito machista da sua parte, Miles – falei tentando parecer brava.

– Só não quero que se machuque – suspirou ele.

Vendo que ele não cederia, me aproximei o bastante para sentir sua respiração na minha. Ficamos a centímetros de distância, ele me olhou com um sorriso lindo nos lábios, então eu sorri e o abracei dando-lhe um beijo.

Alcancei seu bolso sem que ele percebesse e peguei a chave de Edward. Afastei-me muito rápido para que parecesse que eu o tinha manipulado.

– Eu vou dirigir – falei por final.

Eu dirigiria por duas horas e então Miles, mais duas, e assim por diante. Foi assim até chegarmos em Ohio. Paramos para descansar um pouco e, antes que eu percebesse, chegamos em Nova Iorque.

As ruas movimentadas, pessoas andando feito loucas pelas calçadas, confusões na rua, trânsito... Cada coisa em seu devido lugar, assim como eu havia deixado. Tudo estava exatamente igual a antes e por um segundo pensei que, mesmo que eu não estivesse ali, as pessoas continuariam com suas vidas normais, trabalhando, estudando. Eu não influenciaria a vida das outras pessoas, minha morte não influenciaria, assim como minha vida não influenciava.

Se eu não conseguisse, o que era muito provável, nada mudaria. Apenas uma pessoa a menos naquele mundo inacreditavelmente grande.

O sol aquecia-nos enquanto enfrentávamos o trânsito de Nova Iorque. Finalmente minha casa. Fora tão difícil ir embora, voltar estava sendo tão fácil... Mas nada é como nós queremos que seja. As facilidades não são eternas e em segundos a dor, o desespero e o medo chegam.

Mais uma vez fui fraca. Minha visão se escureceu, meus olhos turvaram e eu não conseguia enxergar o que estava ao meu redor. Consegui sentir um aperto em meu peito, mas a dor não me deixou raciocinar para identificar o que era aquilo. Tentei apurar meus sentidos, mas a única coisa que eu sentia, ouvia e via era Miles gritar meu nome.

Bom seria se pudéssemos ver o final antes de começarmos com tudo.

Se eu soubesse como tudo acabaria, não começaria com nada. Não me daria esperanças e nem tentaria. Mas não podemos escolher nosso destino e nem mudar o nosso futuro, o que nos resta é conviver com tudo aquilo.

Abri os olhos com dificuldade e tentei decifrar onde estava. Olhei ao redor. Era tudo branco, as leves cortinas permitiam que uma pequena brisa de vento entrasse, os lençóis claros estavam me irritando, tentei arrancá-los. Sem sucesso, algo me prendia na maca.

Olhei para baixo e reparei que fios se ligavam ao meu peito. Segui os fios com os olhos e encontrei um monitor que media meus batimentos cardíacos, além de vários outros fios, que eu não fazia a mínima ideia do que poderiam fazer, estavam conectados em outras partes do meu corpo.

Desesperei-me. Por que estava internada? Por que havia máquinas conectadas a mim? O monitor comprovou meu desespero, tentei me acalmar, mas não houve como.

Bateram à porta e um segundo depois meu pai entrou com o olhar escurecido.

– Pai... – sussurrei sem força.

– Ariane! – exclamou meu pai, correndo ao meu encontro.

– O que houve? – perguntei hesitante. – Por que estou aqui?

– Miles a trouxe – falou meu pai com o olhar perdido no monitor ao meu lado.

Miles. Então a viagem não havia sido apenas um sonho.

– Onde ele está? – perguntei aflita.

– Acalme-se – disse meu pai. – Ele está na sala de espera. Não deixam pessoas de fora de a família visitar.

– O que houve? – perguntei novamente.

– Você deveria ter me dito sobre o transplante antes de tudo isso. Eu poderia te ajudar. Mas agora estamos com medo e nem o Dr. Smith sabe ao certo o que deve fazer – falou desviando o olhar. – Somos sortudos por Miles tê-la trazido para cá, caso contrário, estaríamos perdidos e provavelmente você...

– Pai, eu... – comecei.

Queria falar que sentia muito por ter escondido segredos dele, por ter atravessado o país sem sua permissão, queria agradecer tudo o que ele fez e queria dizer que, se algo me acontecesse, não haveria problema. Eu estava preparada, apenas não queria deixá-los.

– Não fale! – exclamou ele, me interrompendo. – Você precisa descansar.

Assenti com a cabeça concordando. Ele me deu um beijo na testa e piscou algumas vezes para espantar as lágrimas.

– Eu volto logo – falou, por fim.

Ele atravessou a porta e saiu do quarto.

Naquele momento pensei que, se tivesse contado ao meu pai sobre o transplante no dia em que o Dr. Smith me alertou, poderia haver uma probabilidade de eu não estar conectada a máquinas e respirando por cânulas.

Não havia o que fazer em relação àquilo. Não havia solução, eu não tinha respostas nem perguntas. Não tinha certeza de mais nada, a não ser de que eu tinha uma grande chance de morrer.

– Ariane Sparks! – gritou Callie abrindo a porta com força.

Olhei assustada e vi que seu rosto transpirava raiva.

– Não acredito nisso. Como pôde esconder isso de mim? – perguntou. – Eu...

– Como você entrou? – interrompi. – Meu pai me disse que apenas familiares poderiam entrar.

– Isso não vem ao caso! – berrou baixo. – Eu não acredito que escondeu isso de mim. Escondeu que estava prestes a... – Não terminou. – Escondeu a sua viagem romântica com Miles.

– Não foi uma viagem romântica – bufei rindo.

– Não acho que tenha sido uma viagem a negócios – exclamou Callie cruzando os braços.

– Acalme-se, Callie – falei. – Estou bem.

Vi lágrimas brotarem em seus olhos, ela piscou algumas vezes deixando cair algumas enquanto pensava no que dizer.

– Sim, você está bem. – Sorriu hesitante.

Eu conhecia Callie há muitos anos. Tínhamos crescido juntas. E se tinha uma coisa que eu sabia era que ela não sabia mentir.

Estavam mentindo para mim. Estavam me escondendo notícias sobre minha saúde. Isso era muita injustiça. Eu sabia que, se perguntasse, eles não falariam, então deixei passar. Eu daria um jeito de saber.

Veio-me à cabeça a única pessoa que estava sendo totalmente sincera comigo há dias.

– Onde está Miles? – perguntei.

– Ele não pode entrar, querida, sinto muito – suspirou Callie.

– Eu preciso falar com ele! – gritei tentando me levantar. Parei de tentar quando, finalmente, vi que não daria certo.

– Eu preciso, Callie... – tentei ser gentil.

Ela me olhou com indignação e, por fim, sorriu.

– Farei o possível – falou sorrindo. – Você ficará bem, amada. Eu juro.

Assenti de leve enquanto ela andava em direção à porta.

– E se quer mesmo saber como entrei aqui... – falou Callie depois de ter aberto a porta. – Eu subornei uma enfermeira.

28

Passei a noite em claro. Callie me disse que faria Miles conseguir entrar, mas ele não apareceu. Eu não o culpei, ele deveria estar cansado de cuidar de mim.

Já passava das três da manhã e eu me revirava na maca, tentando dormir.

– Posso entrar? – Aquela voz...

– Miles? – perguntei animada.

– Você me parece bem, Sparks – ele disse com pena no olhar, quando chegou ao meu lado.

– Eu não tenho nada de mais, pelo menos é o que me falaram. Vou ficar bem em breve – assegurei.

Ele hesitou em responder e desviou o olhar para o monitor que apitava no ritmo das batidas do meu coração.

– Isso não irrita? – questionou tentando recompor-se.

– Um pouco... – comecei. – Miles?

– Sim?

– O que vai me acontecer? – perguntei hesitante.

– Nada – assegurou, e por um momento vi seus olhos me transmitirem segurança. – Eu estou aqui e não vou deixar nada te acontecer.

– Mas... por quê? – Não me referi ao meu estado, referi-me a ele gostar de mim.

– É simples... você me completa – disse com um meio sorriso no rosto. – Se algo lhe acontecer, acontecerá comigo também.

Lágrimas caíram, não me importei em segurá-las, era o único jeito de mostrar minha gratidão a Miles.

– Ei! Não chore, por favor – suplicou ele.

Assenti, tentando sorrir.

Miles colocou algo na mesinha do lado da maca e se sentou na cadeira ao lado, segurando minha mão.

Acho que voltar a se apaixonar depois de um tempo é como fazer aquelas viagens longas, que a gente passa quase um mês fora, morrendo de saudade do conforto de casa, mas adorando as paisagens novas, desconhecidas, inesperadas e completamente surpreendentes.

– Miles? – sussurrei.

Ele me olhou com os olhos faiscando.

– Obrigada.

Ele sorriu abertamente e se levantou.

Não, ele não podia ir embora agora. Eu aceitava que meu pai ou Callie fizessem uma breve visita, mas Miles não podia fazer isso. Ele não podia me deixar agora.

Ele chegou mais perto e se deitou na ponta da maca, junto a mim. Afastei um pouco, dando-lhe mais espaço, ele se ajeitou e ficou com o rosto a centímetros de distância do meu.

– Eu sei que isso pode parecer meio precipitado e... – começou.

– Miles, não importa o quanto você... – interrompi.

– Não! – ele me interrompeu. – Me deixe terminar. Estou treinando para te falar isso há dias. – Sorri e deixei-o falar.

– Eu sei que pode parecer meio precipitado e meio irresponsável, mas eu não consigo mais me controlar. Quando estou com você, não me sinto normal, me sinto feliz e acho que sou capaz de fazer qualquer coisa. Você causa esse efeito nas pessoas. – Respirou fundo.

Não havia palavras para expressar o que eu estava sentindo naquele momento. Então, em vez disso, um grande sorriso brotou em meu rosto, levei minha mão até seu pescoço e pousei-a ali. Ele sorriu timidamente e continuou:

– Eu costumava viver como se só eu existisse, mas agora gasto meu tempo pensando em como tirar você da minha cabeça. Eu nunca realmente me entregava, mas então você chamou a atenção, dando-me a sensação de ter sido atingido por um raio. – Ele pousou sua mão em minha cintura e apertou. – Todo mundo está tentando ser alguém na vida, se tornar rico ou famoso, mas quando olho para você, não dou a mínima para isso, pois tudo que quero é ser alguém pra você.

Mordi meu lábio inferior para segurar o grito de felicidade que estava preso em minha garganta. Miles encostou sua testa na minha permitindo que compartilhássemos do mesmo ar. Tudo o que eu queria era tocar nele.

No monitor, meus batimentos cardíacos tornaram-se muito mais rápidos do que o normal. Eu não aguentava mais. Beijei Miles como nunca, e ele correspondeu na mesma intensidade, me deixando ainda mais apaixonada. A cada segundo eu me apaixonava mais e mal podia notar.

Envolvi seu pescoço com minhas mãos enquanto ele apertava minha cintura com uma das mãos e acariciava minha bochecha com a outra. A cada segundo eu sentia mais amor, a cada segundo eu queria mais dele, mais Miles.

– Cada segundo ao seu lado me faz perder o fôlego – ele disse em meio aos beijos. – Não vou deixar que nada te aconteça.

O amor é como os batimentos cardíacos. Nas horas finais, tornam-se mais fortes.

29

Acordei com um gosto estranho na boca. Senti frio de repente e tentei abraçar a mim mesma, mas fui impedida. Não conseguia me mexer. Estava sonolenta e um pouco grogue.

Ouvi uma respiração forte ao meu lado, pensei que talvez fosse Miles, mas quando encontrei o dono da respiração vi apenas um enfermeiro trocando meu soro.

– Oh, você acordou! – ele disse gentilmente.

Tentei focalizar minha visão e olhei para o relógio de ponteiros grandes que estava posicionado atrás do enfermeiro moreno. Já passava das sete da noite. Eu não podia ter dormido tanto tempo, era quase impossível. A não ser que eu estivesse dopada.

Limpei a garganta.

– Que dia é hoje? – perguntei com a voz rouca para o enfermeiro.

– Segunda-feira, senhorita… – ele pegou meu prontuário e analisou por um segundo – …Sparks.

Gargalhei nervosa.

– Está brincando comigo, senhor… – peguei um prontuário invisível debaixo dos lençóis e fiz o mesmo que ele tinha feito comigo – …sei lá o seu nome.

Por mais que eu tivesse sido mal-educada, ele gargalhou achando graça.

– Por que está rindo? – perguntei indignada. – Estou falando sério. Não tem como ser segunda-feira. Dormi na sexta e acordei na segunda? Não tenho o sono tão pesado assim.

Ele fez uma cara estranha e pegou meu prontuário mais uma vez.

– Temos que avisar sua família que você já despertou da anestesia – começou ele.

– Anestesia? – gritei. – Eu não me lembro de...

– Sua cirurgia foi um sucesso! Parabéns, senhorita Sparks – ele disse me cumprimentando.

– Cirurgia? – questionei ainda mais nervosa. – Eu... o quê? Você está louco.

– Não, senhorita, está escrito aqui – ele disse me mostrando o prontuário.

Peguei o prontuário com cuidado de suas mãos e analisei. Fiquei boquiaberta.

A data estava marcada para segunda-feira; levei um susto novamente, mas continuei lendo. Surpreendi-me com o que li.

Eu havia entrado na sala de cirurgia, às 14h23 de sábado e tinha saído às 20h38 do mesmo dia. Meu doador não fora identificado, mas tínhamos o mesmo tipo sanguíneo e era compatível comigo. Seja quem fosse meu doador, eu seria grata a ele pelo resto da minha vida.

– Eu não vou morrer? – perguntei com um meio sorriso no rosto.

– Eu não sei ao certo – falou ele tirando o prontuário de minhas mãos. – Mas tenho certeza de que você vai viver.

Não pude deixar de sorrir. Eu estava feliz. Não haveria mais com o que me preocupar, eu teria minha vida de volta e não precisaria mais dos remédios. Mas o que eu mais tinha gostado era que, agora, eu poderia ficar com Miles e não havia nada que nos impedisse.

O enfermeiro sem nome me deixou rindo sozinha no quarto e, provavelmente, tinha ido avisar minha família e os médicos que eu estava acordada.

Não conseguia descrever o que estava sentindo. Dois minutos depois alguém bateu à porta, torci para que fosse Miles, mas me desanimei quando meu pai entrou no quarto e andou até a mim com lágrimas nos olhos.

– Minha filha... – ele disse, passando a mão em meus cabelos.

– Pai, eu não lembro de nada. Não vi nada – comecei. – O que aconteceu?

– Conseguimos um coração compatível. Foi tudo tão rápido, não podíamos ter perdido tempo – desabafou.

– Então quer dizer que eu vou viver?! – falei animada no mesmo instante em que o Dr. Smith entrou pela porta. – Obrigada! Muito obrigada! Eu vou viver e não vou mais precisar...

Continuei agradecendo por um tempo.

Então seria aquele o meu destino? Seria aquele o meu final feliz? Eu jurava que seria, quer dizer, estava tudo perfeito.

Mas o mundo é injusto, nada é tão perfeito como queremos que seja. Não era tão fácil quanto parecia, eu ainda tinha que lutar, mas por outros problemas e outros sentimentos.

– Pai – gritei animada. – Eu preciso conhecer meu doador, quer dizer, a família dele... Eles me salvaram e sou infinitamente grata.

– Meu amor, você precisa descansar – disse meu pai, hesitante, olhando para o Dr. Smith, que parecia alarmado. – Mais tarde conversaremos sobre isso.

– Tudo bem. – Fiz que sim com a cabeça.

Ele e o Dr. Smith sorriram e estavam prontos para me deixar novamente.

– Pai? – sussurrei.

Ele me olhou com olhos atentos.

– Preciso conversar com Miles. Pode mandá-lo subir? – perguntei.

Ele olhou alarmado para o Dr. Smith e disse:

– Precisaremos conversar agora.

Ele me contou o que havia acontecido e não pude acreditar no que ouvi, não podia acreditar, não devia acreditar. Aquilo não era real.

Quis levantar da maca e bater em quem quer que estivesse na minha frente; a dor espalhou lágrimas pelo meu rosto, não consegui segurar os soluços desesperados e nem os gritos que só repetiam o mesmo. O seu nome, eu apenas gritava seu nome.

30

– Foi tudo mundo rápido, minha querida... – falou meu pai tentando controlar meu gritos. – Não pude fazer nada. Tenha certeza de que, se eu pudesse, eu teria feito.

– O senhor não entende – berrei. – Eu o amava.

Eu o amava. Eu o amava.

Eu o amava tanto que doía. Não tinha noção do tamanho dos meus sentimentos até aquele momento.

– Eu o amava – repeti em meio às lágrimas.

Ele havia dado sua vida por mim, por mais ninguém, apenas por mim. Aquela era uma prova de amor incomparável, mas eu não podia viver sem ele. Eu não conseguiria viver.

Tomei fôlego para perguntar o que eu queria perguntar há alguns minutos.

– Como aconteceu? – sussurrei aos prantos.

As lágrimas não paravam de descer e eu não me importava em secá-las, era a única maneira de dizer o quanto eu sentia por Miles.

– Sexta-feira ele me perguntou o que aconteceria a você e eu disse que não fazia ideia, mas que não desistiríamos, não deixaríamos nada atingir você – contou meu pai com lágrimas nos olhos, mas ainda assim forte. – Miles se desesperou quando um enfermeiro apareceu contando que você tinha tido uma parada cardíaca. Conseguiram te reanimar, mas estávamos com medo e não havia o que fazer a não ser esperar.

Os soluços não davam espaço para meu pai continuar. Tentei me controlar, mas não conseguia.

– O Dr. Smith nos falou que não tínhamos muito tempo e nem o que fazer para salvar você – suspirou meu pai passando as mãos pelos cabelos. – Fiquei sabendo pelo Dr. Smith que Miles o havia procurado para dizer que doaria o coração e que não aceitaria um não como resposta. O Doutor sabia quais eram os riscos, ele cuidou de você por sua vida inteira.

– Ele deixou Miles doar? – gritei abismada. – Ninguém pensou em me perguntar? Eu preferia morrer do que perder Miles.

– Ele não deixou – adiantou meu pai. – Ele não deixou, Ari, mas Miles quis correr o risco, ele não conseguiria viver sem você.

– E ele acha que eu conseguiria viver sem ele? – solucei enquanto negava com a cabeça. – Não, não consigo viver sem ele.

– Mas as coisas tiveram de ser assim – falou ele acariciando minha bochecha molhada por lágrimas. – Ele fez por amor.

– Por favor, não fale mais isso. Eu não vou conseguir... – suspirei.

– Sim, você vai conseguir. Você é forte e corajosa, enfrentou tantas coisas... Pode enfrentar isso – exclamou meu pai.

– Mas eu o amava muito – solucei de novo.

– E ele também a amava. Ele fez isso tudo por amor. Desistiu de sua vida para que você vivesse. Não chore por isso, você terá sempre um pedaço dele com você.

Eu não aguentava mais. Necessitava de ar, precisava de Miles. Eu queria poder vê-lo uma última vez, queria tocá-lo uma última vez, beijá-lo uma última vez e dizer que o amava.

– Preciso ver como Becky está, deixei-a com Hillary – suspirou meu pai limpando as lágrimas. – Mas, escute, foi tudo por você, não se sinta culpada.

Mais lágrimas caíram. Meu pai se virou e respirou fundo quando passou pela porta. Um segundo depois ele estava de volta dizendo:

– Já ia me esquecendo... – disse ele colocando algo na mesinha ao lado da maca. – Miles pediu para que eu entregasse isso a você.

Ele me deu um beijo na testa e, então, saiu.

Olhei para o lado e avistei um *pen drive* sobre a mesinha. Peguei-o e analisei. Deveria ter algo ali dentro que Miles gostaria de me mostrar.

Eu não podia esperar. Levantei da maca e arranquei todos os fios que se ligavam ao meu corpo. Descalça, corri até encontrar algum lugar que pudesse ter um computador. Avistei uma sala com uma placa média dizendo que ali era a sala de computação. Entrei sem hesitar e, por sorte, só havia eu naquele lugar.

Havia apenas um arquivo no *pen drive*. Cliquei duas vezes e a tela ficou preta. Um segundo depois Miles apareceu sentado em um sofá, com a cabeça entre as mãos e com o olhar turvo. Era um vídeo.

Um vídeo de despedida. Respirei fundo e tentei me conter, mas foi em vão. Segundos depois eu estava novamente com o rosto encharcado de lágrimas.

– Bom, como devo começar? – falou Miles de dentro do computador.

Aquela voz me fez lembrar de todas as vezes que ele me olhou e sorriu.

– Eu quero dizer que você é a melhor coisa que já me aconteceu, Ariane. E não me arrependo de nada que estou fazendo – ele disse com lágrimas nos olhos, mas se esforçou para deixar o sorriso fraco durar em seus lábios. – Eu te amo e não seria capaz de viver sem você nesse mundo.

Ele pensava como eu. Não éramos capazes de viver um sem o outro. Tínhamos sido feitos para ficar juntos, mas o destino não quis.

– Antes eu pensava que não havia jeito, que o mundo já era ruim o suficiente e que estávamos caminhando para a derrota e para a perdição. Mas eu conheci você e percebi que, pelo menos, alguém era boa o suficiente. Eu sei que você deve estar se perguntando por que fiz isso. Eu fiz tudo isso por você e faria mais mil vezes, se fosse preciso. Há amor, carinho e alegria em seu coração e em sua mente, o mundo não poderia viver sem você, mas sem mim ele continuaria igual – suspirou mexendo em seu cabelo e deixando-o meio bagunçado, o que fazia sua beleza se destacar ainda mais.

– O mundo talvez consiga viver sem você, mas eu não sou capaz – sussurrei em meio às lágrimas.

Ele respirou fundo.

– Eu não tinha ninguém que se importasse o suficiente comigo, não tinha nada. A única pessoa que eu tinha, o único bem que eu tinha, era você. E eu não podia ver você partir sabendo que poderia ter feito algo. Talvez isso seja até meio egoísta, mas não suportaria viver sem você, então deixei você viver sem mim, porque, pelo menos assim, você teria um pedaço de mim junto a você pelo resto de sua vida – ele disse e percebi que em um movimento rápido ele limpou uma lágrima que escorria para que eu não percebesse sua tristeza.

Aquilo era horrível, talvez eu devesse morrer também, talvez, se existisse realmente algo depois da morte, pudéssemos nos encontrar.

– Você literalmente ganhou meu coração, Ariane – sorriu. – Não se esqueça de mim, ok? Eu estou indo, mas voltarei por você.

Pausei o vídeo para que eu pudesse raciocinar melhor, mas não consegui ficar muito tempo sem ouvir aquela voz rouca e apertei o *play* novamente.

– Estou escondido, perdi a cabeça quando os médicos me informaram sobre seu estado hoje. Eu farei tudo por você a qualquer hora. E, dentre todas essas coisas que fiz, acho que te amo melhor agora.

A tela ficou vazia por um momento, mas então uma outra gravação começou. Uma gravação que eu havia feito na viagem. Miles dirigia e eu estava sorrindo. Já estávamos voltando para Nova Iorque. Na hora, pensei que fosse bom gravar para lembrarmos o que estávamos sentindo naquele momento. Agora, eu sentia que aquela ideia tinha sido horrível. Se eu soubesse que aquela gravação me faria tão mal, não a teria feito.

– Você não pode me segurar! – berrei em direção ao Dr. Smith. – Vou ao velório, preciso vê-lo uma última vez, dizer algo pra ele.

– Você deve continuar em repouso aqui no hospital – ele disse com calma.

– O senhor não pode me obrigar! – gritei mais uma vez. – Se eu quiser, posso levantar agora mesmo e me vestir.

– Se fizer isso, tudo que Miles fez será em vão – falou com pesar nos olhos.

Aquilo me fez sentar e ficar quieta. Miles havia dado seu coração a mim e eu não podia desperdiçá-lo.

Depois de muito pensar, decidi que viveria por Miles. Se ele havia morrido por mim, eu viveria por ele. Não importavam as circunstâncias, eu viveria por ele.

Ultimamente tenho perdido o sono. Sonhando com coisas que poderíamos ter sido. Tudo que eu sabia naquela manhã quando acordei é que sabia alguma coisa agora. Sabia algo que eu não sabia antes. E eu só conseguia pensar em seus olhos verdes e em seu sorriso que fazia com que eu me sentisse tão bem.

Tudo o que eu queria era que ele voltasse e me dissesse que tudo aquilo não passava de um sonho bobo. Que aquilo era coisa da minha cabeça. Um pouquinho que fosse dele me faria bem naquele momento.

– Dói muito sentir sua falta, sabia? – sussurrei em meio às lágrimas bem baixinho para que, se Miles ainda estivesse pensando em mim, soubesse daquilo.

É impossível não chorar quando se perde algo impossível de substituir.

Olhei mais uma vez para o *pen drive* em cima da mesinha. Talvez eu devesse assistir mais uma vez, talvez houvesse alguma resposta e eu, finalmente, descobrisse o que fazer.

Parei os olhos em outro objeto. Não era apenas o *pen drive* que estava sobre a mesinha. Havia um livro. Estiquei-me para alcançá-lo. Fiquei boquiaberta quando vi a capa.

Um sorriso involuntário surgiu em meu rosto fazendo minhas lágrimas descerem mais depressa.

Sussurros e Murmúrios. Era o livro da minha mãe, o livro que eu queria ler, mas não consegui. Provavelmente Miles havia pegado da estante da sala da minha mãe no momento em que eu falava com ela.

Abri e havia algo escrito na primeira página em branco. Reconheci a caligrafia desleixada de Miles.

Gostou?
Peguei da estante de sua mãe enquanto vocês conversavam.
Eu te amo, Ariane. Coloque um sorriso no rosto.
Obs.: você fica linda sorrindo.
Miles

Sorri e me recordei de todas as vezes que Miles me deixara feliz por pequenos gestos de amor, assim como este.

Epílogo

(CINCO MESES DEPOIS)

Becky estava chorando quando me abraçou.

– Eu vou sentir muitas saudades – suspirou ela.

– Vocês irão me visitar sempre e eu vou voltar logo – disse tentando acalmá-la.

– Eu sei, mas quem vai fazer meu café da manhã agora? – perguntou ela.

– Você vai ter que se acostumar com os bacons do papai – gargalhei.

– Ah, meu Deus, não faça isso. Eu vou abolir os bacons do Josh em casa – riu Hillary, abraçada com meu pai.

Devo admitir que estava errada em relação à Hillary. Ela era muito doce e gentil com todos e realmente amava meu pai, assim como ele a amava.

Steven, filho de Hillary, tratava Becky como sua melhor amiga. Eles ficaram muito próximos e achei isso o máximo, porque assim Becky não ficaria tão sozinha depois que eu entrasse naquele avião.

Um homem com uma barba engraçada sentou-se na poltrona ao meu lado, pegou uma revista e começou a ler.

Eu estava no assento da janela e podia ver tudo o que se passava à minha volta. O avião alcançou voo e, em poucos minutos, pude contemplar minha cidade vendo-a de cima. Era enorme.

Eu queria fazer faculdade em Londres, mas optei pelo Brasil, que era um país que eu ainda não conhecia e longe de tudo o que eu imaginava. Eu poderia recomeçar.

A viagem demoraria, então levei *Sussurros e Murmúrios* e comecei a ler novamente. Aquele era o livro mais perfeito que eu já tinha lido em toda a minha vida. Era viciante e não importava quantas vezes eu lesse, eu sempre amaria aquilo. Miles fez a espera ter valido a pena.

Não me concentrei na leitura. Só conseguia pensar que, talvez, aquele fosse meu destino. Cada destino tinha sua consequência, mas eu não sabia qual era a consequência do meu destino.

Olhei mais uma vez para a janela e tudo o que eu via eram nuvens ocupando todo o espaço no céu. Naquele momento eu tive certeza de qual era minha consequência.

Uma vez ouvi de uma pessoa muito especial que a consequência do destino é o amor.

Essa era minha consequência.

Playlist

"Give me love" – Ed Sheeran

"All the little lights" – Passenger

"Let her go" – Passenger

"They don't know about us" – One Direction

"All about us" – He Is We

"When the darkness comes" – Colbie Caillat

"Anymore of this" – Mindy Smith and Perryman Jones

"Show me love (América)"– The Wanted

"Lego house" – Ed Sheeran

"One last dance" – R5

"Secrets" – One Republic

"Say something" – Alex & Sierra

"Everything has changed ft. Ed Sheeran" – Taylor Swift

"Somebody to you" – The Vamps

"I wouldn't mind" – He Is We

"Afire love" – Ed Sheeran

"One life" – Boyce Avenue

"Two pieces" – Demi Lovato

"Stay with me" – Sam Smith

FONTE: Southern
PAPEL: Pólen Soft 70g/m²
IMPRESSÃO: Vida & Consciência

#Talentos da Literatura Brasileira
nas redes sociais

novo século®
www.novoseculo.com.br